द मशाल
ऑफ़ जस्टिस

A Single Verdict that Shook the Entire Nation

"DARK SHADOWS BEHIND THE TEMPLE OF JUSTICE"

जगनन्दन त्यागी

INDIA • SINGAPORE • MALAYSIA

ISBN
Paperback 979-8-89777-891-1
Hardcase 979-8-89929-689-5

Disclaimer

यह पुस्तक द मशाल ऑफ़ जस्टिस पूर्ण काल्पनिक कथा है। इसके पात्र स्थान घटनाएं सब कुछ पूर्ण रूपेण काल्पनिक है कोई प्रसंग किसी घटना से मिलता है तो, महज केवल इत्तेफाक होगा।

ये कहानी किसी की तो है

पूर्ण काल्पनिक है ये कहानी

जगनन्दन त्यागी

ये कहानी किसी की तो है

ये कहानी है चीफ जस्टिस ऑफ नेशन श्री रवि की

जगनन्दन त्यागी

कहानी किसी की तो है

जन्म, जन्मभूमि से जज बनने की डगर

ये कहानी है चीफ जस्टिस ऑफ नेशन श्री रवि की

Contents

अध्याय - १

जन्म, जन्मभूमि से जज बनने की डगर

पापा आपने अपने जीवन में किया ही क्या है खासकर हमारे लिए। यह जब नीरज ने अपने पापा श्री रवि बचान से कहा तो, रवि का मन अत्यंत दुखी हो गया, श्री रवि जज थे और अपनी ईमानदारी और निष्पक्ष न्यायिक निर्णय, फैसलों के लिए जाने जाते थे। श्री रवि जी के एक पुत्र नीरज और एक पुत्री तृषा थे। नीरज ने LLB और तृषा ने MBA करके किसी बड़े बैंक में अच्छे पद पर थी। श्री रवि अभी लगभग 10 साल बाद सेवा निवृत होने वाले थे। नीरज तृषा से छोटे थे और LLB के बाद अपना करियर तलाश रहे थे। श्री रवि की पत्नी नियारा भी स्टेट ज्यूडिशरी में सर्विस करती थी परंतु तृषा के आने के बाद करियर छोड़कर सफल गृहणी बन गयी थी।

नीरज और तृषा का उनकी मां ने अच्छे से पालन-पोषण किया था, परंतु वह सदैव अपने पति श्री रवि को बच्चों के सामने लगभग सदा टीका टिप्पणी में विलेन प्रस्तुत करती रहती थी। तुम्हारे पिता घर के लिए करते ही क्या हैं, अपने भाइयों, बहनों, उनके बच्चों का तो बहुत ख्याल रखते हैं। सदा उनके गुणगान करते हैं। मुझे और मेरे बच्चों के लिए क्या करते हैं। डाटते हैं या हमेशा

अभावों में रखते हैं। हालांकि यह सब पूर्ण रूप से सत्य नहीं था फिर भी बच्चों के मन में माँ ही अच्छी है, पापा तो बस. . . . . . .। और इन्हीं बातों की प्रतिध्वनि रवि जी को आज देखने को मिली जब नीरज ने अपने पापा श्री रवि को पहली बार अनादर (Disrespect) के साथ कहा पापा आपने हमारे लिए किया ही क्या है।

श्री रवि अवाक् रह गए यह सुनकर बोले कुछ नहीं पत्नी जो पास ही खड़ी सब सुन रही थी, की ओर देखा, कुछ क्षण खड़े रहे और फिर चुपचाप कोर्ट चले गए। पिता का मन ऐसा सुनकर विचलित होना स्वाभाविक है पर श्री रवि कोर्ट जाते हुए रास्ते में यही सोचते रहे की गलती कहां हो गई, उनके पुत्र का यह पूछना/कहना आपने हमारे लिए किया ही क्या है, अंदर तक साल गया था। उन्होंने तो बच्चों के पालन पोषण में अपने सामर्थ्य के अनुसार कमी नहीं की और नीरज की अपने पापा से क्या आकांक्षाये रह गई जो पूरी नहीं हो पाई। सोचते-सोचते श्री रवि कोर्ट पहुंच गए और अपने चेंबर में पहुंच गए। कुछ समय बैठने के कोर्टरूम में गए आज उनके कोर्ट में एक ऐसा केस आया था जिसमें एक व्यक्ति ने अपने बेटे बहु के खिलाफ न्याय मांगने का केस किया था जो बूढ़े पिता को उसके स्वयं के घर से बेघरकर रहे थे और पिता की किसी भी प्रकार की जिम्मेदारी नहीं ले रहे थे।

दोनों पिता - पुत्र के अधिवक्ता दलीलें दे रहे थे, बहस कर रहे थे और श्री रवि सुन रहे थे और बीच-बीच में अधिवक्ताओं से कभी-कभी सवाल भी कर रहे थे। श्री रवि देख रहे थे कोर्ट रूम में वादी के बहू बेटे दोनों पिता की

ओर कुटिलता से देख रहे थे और पिता दयनीय, गंभीर मुद्रा में बैठे थे। आज श्री रवि इस केस में इतना तलीन लग रहे थे कि मानों केस पूरा करके निर्णय आज ही करेंगे पर ऐसा किया नहीं कोर्ट एडजर्न हो गया और केस की अगली तारीख फिक्स हो गई एक महीने बाद की।

आज एक बात जरूर हुई श्री रवि ने भोजन अवकाश में लंच नहीं किया था और गंभीर मुद्रा में मन में कुछ मनन करने लगे। कोर्ट से फ्री होकर श्री रवि घर आ गए मन में यही सवाल लिए, आपने हमारे लिए किया ही क्या है। ड्राइंग रूस में बैठ गए, नौकर पानी लेकर आया और ग्लास रखकर चला गया, पत्नी उनके पास आकर बैठते, उनकी और देखते हुए बोली उदास लग रहे हो कोर्ट में कुछ हुआ क्या, श्री रवि ने पत्नी को देखते हुए कहा नहीं ऐसी बात नहीं है।

श्री रवि आज सुबह से अपने पुत्र नीरज की इस बात से परेशान थे, जब नीरज ने पिता से मारुति कार खरीदकर देने की मांग की थी और पिता ने तुरंत खरीद पाने में असमर्थता बतायी, नीरज का सोचना था उनके पिता जिला जज है; सालों से, और एक मारुति कार नहीं दिला सकते, जबकि उनके अधीनस्थ जजों के बच्चे बड़ी-बड़ी कार रखते हैं और उसे लगता है उसे मुँह चिड़ा कर चलते हैं। नीरज ने पिता का तिरस्कार किया, उपहास के साथ कहा था आपने अपने जीवन में किया ही क्या है खासकर हमारे लिए, जब ये बात हो रही थी तो वो अवाक् खड़े थे और सोच रहे थे, उनके पुत्र ने उनकी ईमानदारी और कर्तव्यनिष्ठा का मजाक बना दिया है। उनका अनादर

किया है, बस बोल कुछ रहे नहीं थे और उनकी पत्नी नियारा ने अपने पुत्र को कुछ भी नहीं कहा, उन्हें लगा था मानो उनको पत्नी नियारा की नीरज को मौन स्वीकृति थी। श्री रवि सोच रहे थे उनकी पत्नी उनसे सुबह की घटना पर कुछ बात जरूर करेगी और उन्हें नीरज की कही हुई बातें और किया हुआ तिरस्कार पर नीरज को समझाने का प्रयास किया होगा मगर ऐसा कुछ नहीं हुआ। अपितु उल्टा समझाने लगी, मानो नीरज ने ऐसा कुछ खास नहीं कहा केवल मारुति कार खरीदने की बात ही तो कही, उन्हें उसे कार दिलाने की जल्दी करनी चाहिए। इतने बड़े ऑफिसर हो उनका रुतबा है, पोजीशन है, बच्चों के लिए इतना भी नहीं।

श्री रवि का मन कुछ अशांत होने लगा हालांकि उन्होंने बोला कुछ नहीं, पत्नी नियारा जो श्री रवि की रिएक्शन की उम्मीद कर रही थी, उन्हें न बोलता देख कहने लगी आज 7:00 बजे तृषा बेटी आ रही है। रात में सभी एकसाथ डिनर करते थे। आज बेटी भी आ रही थी तो वह सभी उसका इंतजार कर रहे थे। तृषा आ गयी, सब कुछ देर इधर-उधर की बात करते रहे और अब डिनर टेबल पर श्री रवि, नियारा, नीरज, तृषा चारों डिनर करने बैठ गए। फिर बातें होने लगी, तृषा, पापा आप क्या नीरज को एक मारुती कार भी नहीं दिला सकते, कितने बड़े जज हो नीरज कार ही तो मांग रहा है। आप भी हद करते हैं, नियारा, इनको तो बस रहने दो आज तक ऐसे ही चला आ रहा है, नीरज ने भी पापा की ओर देखा, कहने को तो जज है, स्टैंडर्ड तो क्लर्क का भी इनसे ज्यादा होगा, हमें इन्होने

अब तक दिया ही क्या है। कार है सरकारी, बंगला सरकारी, रिटायरमेंट के बाद यह सब चला जाएगा, यह जो कार है जिसमें बड़े अकड़ से कोर्ट जाते हैं, फिर चलो 11 नम्बर से (पैदल) मकान खाली करो, रहो किराए की टपरी में, जज क्या फटीचर हो जाएंगे। नियारा पति की ओर देखकर बोली बच्चे कुछ गलत तो नहीं कह रहे हैं।

श्री रवि का मन दुखी हो गया, बोले कुछ नहीं, पत्नी नियारा से कहा बच्चे बड़े हो गए हैं इन्हें अपने सच्चाई और ईमानदारी से बिमुख और आपका उनको और अधिक प्रेरित करता देख मुझे बिल्कुल भी अच्छा नहीं लगता, मन विचलित होता है। खैर इस विषय को यहीं रोकते हैं फिर बात करेंगे। मैं इतना बता देता हूँ, जैसा हूँ वैसा ही रहने वाला हूँ, मुझे न्याय पथ पर ईमानदारी के साथ चलने के संकल्प से कोई हिला नहीं सकता, रोक नहीं सकता, डिगा नहीं सकता। फिर बात करेंगे यह समय सही नहीं है और श्री रवि उठकर अपने स्टडी रूम में चले गये। कुछ देर बैठे सोचते रहे, थोड़ा पानी पिया और थोड़ी मुद्रा गंभीर हो गयी, वो आज कोई फाईल नहीं पढ़ रहे थे, किसी केस के बारे में नहीं सोच रहे थे। पत्नी व बच्चों के व्यवहार पर भी नहीं बस केवल यह सोचने लगे थे कि उनका अब तक जीवन परिचय क्या है। सुदूर, पिछड़े, नेशन देश के एक गांव के परिवार से वो किस-किस परिस्थितियों से होते हुए आज यहाँ है। उनका जीवन चलचित्र उनके मन से होता हुआ मष्तिस्क में चलने लगा, वो ध्यान मग्न हो पश्चिमी अनु प्रदेश के एक सुन्दर गांव में एक छोटे से जर्मींदार श्री अजित सिंह के एक ही पुत्र श्री रवि बचान, गांव नदी के

किनारे, पास का क़स्बा भी आठ किलोमीटर दूर, गांव किसी दुसरे गांव, कस्बे और जिला मुख्यालय से केवल कच्चे रास्तों से जुड़ा हुआ था। नदी पर पुल नहीं था तो एक प्राइमरी पाठशाला और पोस्ट ऑफिस, गांव की गलियाँ कच्ची ज्यादातर मकान कच्चे, कुछ लोगों के घर तो झोपड़ियों से बने थे।

गांव की आबादी भी ज्यादा तो नहीं है। होगी तीन-चार हजार, गांव में हिन्दू, मुसलमान, नाई, धोबी, बनिया ब्राह्मण, हरिजन, जोगी, कहार, बनजारा, लुहार, तेली, कुम्हार, बढ़ई सभी थे। छोटा सा गांव था परन्तु था शांत, छोटा सा देश कह लीजिये जो नमक के अलावा आत्मनिर्भर कहा जा सकता। एजुकेशन के मामले में बहुत पीछे, गांव का सबसे ज्यादा पढ़ा-लिखा राजू इण्टर फेल था, आधे से ज्यादा आबादी अनपढ़, गांव में प्राइमरी पाठशाला की तो अधिकतर बच्चे पांचवी पास या पांचवी फेल से ज्यादा नहीं। एक इण्टर कॉलेज था कस्बे में जो कि गांव से 8 किलोमीटर पड़ता था। बड़ी नदी थी, पुल नहीं था, कुछ तो साधनों की कमी, कुछ अज्ञानता, पढ़ने-लिखने में गांव फिसड्डी ही कहा जा सकता है।

ऐसे गांव और ऐसी स्थिति में अच्छी बात ये थी कि गांव में सदाचार और भाईचारा था, गांव में छोटे बड़ो को रिश्तों से पुकारते और बड़े छोटे को प्यार से पुकारते, ताऊजी, चाचाजी, बावजी, भैयाजी, बेटा, भतीजा आदि-आदि। माहौल गांव का सदा अच्छा ही रहने वाला था। एक दुसरे के जरूरतें, आपस की समाजिक संरचना में पूरी होती

थी। खेती होती थी बैलों से, बस जमीनदार अजीत सिंह के पास ट्रेक्टर था, जो उनकी जरूरतों को पूरा करने के बाद गांव के अन्य किसानों को मामूली किराये पर मिल जाता था। कहने का मतलब गांव खुशहाल था, पर था पिछड़ा हुआ गांव जहाँ श्री अजीत सिंह का बेटा श्री रवि का जन्म हुआ तो घर में बहुत बड़ा भण्डारा किया गया, सबको बुलाया गया, ढोल नगाड़े बजे, महिलाओं ने गीत गाये, हवन हुआ और गरीबो में अनाज भी बाटा गया, जमींदार परिवार में बेटा जो हुआ था।

अजीत सिंह के परिवार में पढ़ने-लिखने का रिवाज नहीं था, अजीत सिंह स्वयं अनपढ़, उनकी पत्नी अनपढ़, बस पूरे घर में अजीत सिंह के भाई पोतवर पांचवी फेल तक पढ़े थे।

घर में कहा जाता था, कोई नौकरी थोड़े ही करना है। इतनी जमीन है खेती करो कराओ बस पैसे की कमी है नहीं, सब कुछ तो है। बस थोड़ा बहुत पढ़ लिए काफी है। हिसाब किताब के लिए लाला जगरी प्रसाद वो है हीं।

गांव का हिसाब किताब चल रहा था, जैसा था वैसा ही, धीरे-धीरे गांव में भी बच्चों को पढ़ाने लिखाने की बात होने लगी, श्री रवि बचान कुशाग्र बुद्धि बालक था, उसकी माँ रजनी थी तो अनपढ़ पर अपने बेटे को पढ़ा लिखा कर बड़ा अफसर बनाना चाहती थी और इसमें उनके पति अजीत सिंह पूर्णतया साथ थे।

रजनी - सुनो जी हमें हमारे बेटे का दाखिला स्कूल में कराना होगा।

अजीत सिंह - दाखिला कराते हैं

रजनी - पढ़ा लिखा होना जरुरी है, मैं चाहती हूँ श्री रवि खूब पढ़े

अजीत सिंह - जितना पढ़े पढ़ाएंगे

रजनी - सोलवी पास कराएंगे

अजीत सिंह - ठीक है

रजनी - बड़ा अधिकारी बनाना है

अजीत सिंह - ठीक है भई, किसी बात की कमी थोड़े है

रजनी - दाखिला आज ही करा दो

अजीत सिंह - मैं भी यही सोच रहा हूँ

रजनी -बेटा श्री रवि अब तू स्कूल जायेगा

श्री रवि - हां माँ

अजीत सिंह - तू पढ़ेगा, हम तुझे खूब पढ़ाना चाहते हैं

श्री रवि - हां पिताजी मैं खूब पढ़ाई करना चाहता हूँ

रजनी - तुझे तैयार करती हूँ, स्कूल जाने के लिये

रजनी ने बहुत प्यार से श्री रवि को स्कूल जाने के लिए तैयार किया, नाश्ता कराया और अजीत सिंह सोच रहे थे किसी कारिंदे के साथ श्री रवि को भेजकर श्री रवि का दाखला प्राइमरी पाठशाला में करवा दें, इतने में श्री रवि माँ के साथ अपने पिता अजीत सिंह के पास आकर बोला,

श्री रवि - पिताजी चलो मैं तैयार हूँ

रजनी - हाँ जी आप इसे लेकर स्कूल जाइये और इसका दाखिला करा अईय

अजीत सिंह - शाबाश बेटा, श्री रवि बहुत अच्छे लग रहे हो

श्री रवि - हाँ पिताजी आज स्कूल में दाखिला जो लेना है

रजनी - बेटे को किसी कारिन्दे के साथ नहीं भेजना

अजीत सिंह - क्यों, किसी कारिन्दे के साथ जाने से दाखिला नहीं हो पायेगा

रजनी - बच्चा पहली बार स्कूल जा रहा है

श्री रवि - हाँ मैं पिताजी के साथ ही जाउँगा

अजीत सिंह - क्यों बेटा मुझे और भी काम है

रजनी - ये सबसे जरुरी काम नहीं है आपके लिये?

अजीत सिंह - जरुरी भी है और खास भी है पर

रजनी - शान्त रहीं

श्री रवि - पिताजी, आज मैं आपके साथ ही स्कूल जाउँगा

अजीत सिंह बोले भी नहीं, श्री रवि को देख, श्री रवि और रजनी एक साथ बोले, नहीं, आज नहीं आपको स्वयं श्री रवि को साथ लेकर स्कूल जाना है दाखिला कराना है, आज उसकी पढ़ने जाने की शुरुआत होगी, हमारे जीवन में ये एक खास अवसर होगा, आप स्वयं साथ जाओगे श्री रवि को तो इसका उत्साह दोगुना होगा। इसके दिल में गर्व होगा, अहसास होगा

कि मेरे पिताजी कितने अधिक प्रसन्न हैं, मेरा दाखिला के लिये कितने उत्साहित है उसके पहले दिन के लिय। यह कहकर रजनी शान्त हो गई, श्री रवि ने पहले अपनी माँ की ओर और उसके बाद पिताजी की ओर देखा और पिताजी की मौन स्वीकृति को देखा। अजीत सिंह श्री हरी को साथ लेकर स्कूल (पाठशाला) गए और वहाँ पहुचने पर प्राइमरी पाठशाला के मुख्य अध्यापक शोभाराम गुप्ता जी ने उनका स्वागत किया, वो गांव के जर्मींदार ही नहीं गणमान्य व्यक्ति थे। साथ में श्री रवि को देखकर शोभाराम जी ने अन्दाज लगा लिया था, अजीत सिंह का आना उद्देश्यपूर्ण है, शायद श्री रवि की ओर देखकर सोचा वो अपने बेटे का पाठशाला में Admit कराने आये हैं। अजीत जी बोले मास्टर जी मेरा आपके पास आने का उद्देश्य मैं अपने बेटे श्री रवि का आपकी प्राइमरी पाठशाला में कक्षा 1 दाखिला कराना, अभी तक सब यही जानते थे हमारा परिवार बच्चों की पढ़ाई लिखाई में कोई खास रूचि नहीं रखते, परन्तु हमने अपने बेटे को उच्यकोटि की पढ़ाई करानी है। अभी तो यह यहाँ से कक्षा ५ तक कर लेगा, फिर हम इसे शहर भेजेंगे, पढ़ाएंगे जरुर, ताकि ये पढ़ लिखकर बड़ा अधिकारी बने। आप इसका दाखिला करा दीजियेगा।

आज शोभाराम मुख्य अध्यापक यह सुनकर बहुत खुश थे की गांव का जर्मींदार परिवार की विचारधारा बदली है शिक्षा की ओर इनके देखा देखी पूरे गांव से अधिकतर बच्चे पढ़ाई में रूचि लेंगे, उनके माँ बाप उन्हें भी स्कूल भेजेंगे। श्री रवि का कक्षा 1 में दाखिला हो गया, बच्चे के पहले दिन स्कूल का, अजीत सिंह की

परिवार में एक उत्सव के रूप में मनाया। श्री रवि स्कूल जाने लगा और समय बीतते देर नहीं लगती, श्री रवि ने गांव की प्राइमरी पाठशाला से कक्षा 5 की, उसने 15 गांवों की प्राइमरी पाठशाला के उतीर्ण छात्रों में प्रथम स्थान से पास किया। श्री रवि के शिक्षा की नीव, गांव की प्राइमरी पाठशाला से बनी।

अब रजनी और अजीत के समुख समस्या थी कि रवि का आगे की पढ़ाई, कहाँ और कैसे करायें। कस्बे में इंटर कॉलेज था पर बहुत दूर, और गांव से लगभग 8 किलोमीटर, बहुत सोच समझकर उन्होंने ये फैसला कर लिया, श्री रवि शहर में रखकर पढ़ाना है, सौभाग्य ही कहें उसे (रजनी) के भाई, जो प्रदेशीय सर्विस में ओवरसियर थे उनका ट्रान्सफर इसी शहर में हो गया, जहाँ श्री रवि को पढ़ाने का निश्चय किया गया था। रजनी के भाई रामहरी भी यही चाहते थे कि उनका भांजा शहर में उनके साथ रहकर पढ़ाई करे और उनके अपने बच्चों के साथ पढ़ाई करे।

इस प्रकार श्री रवि को शहर में मामाजी रामहरी के पास रखकर पढ़ाये। इस निर्णय से और अपने प्रिय मामाजी के पास रहकर वो अच्छी पढ़ाई कर पायेगा।

प्रसन्न मन से उत्साहित श्री रवि शहर पहुँच गया, जहाँ रहकर उसे आगे का भविष्य तय करना था। श्री रवि का शहर के अच्छे इंटर कॉलेज में, प्राइमरी पाठशाला से प्रथम स्थान से पास किया था, श्री रवि का एडमिशन कक्षा 6 सेक्शन A में ABB इंटर कालिज में हो गया। श्री रवि के

मामा श्री रामहरी ने श्री रवि से बात की घर में, उनके बच्चे भी थे।

रामहरी - श्री रवि तुमने पाँचवी कक्षा प्रथम स्थान से पास की हैं

श्री रवि - हाँ मामाजी, 15 स्कूलों में प्रथम

राखी मामी - श्री रवि यह शहर की पढ़ाई है, अब बहुत पढ़ना पड़ेगा

श्री रवि - हाँ मामी मैं बहुत पढ़ूंगा

रामहरी - श्री रवि कुशाग्र बुद्धि वाला है। यह अपना स्थान क्लास में जल्दी बना लेगा।

श्रवन (मामा के पुत्र) - तुम्हे अंग्रेजी तो बिल्कुल नहीं आती

श्री रवि - मैं सीख रहा हूँ

श्रवन - इतनी आसन नहीं है, ABCD भी नहीं आती तुम्हे

श्री रवि - मैं बहुत जल्दी सीख लूंगा

रामहरी - गांव की पाठशाला में अंग्रेजी नहीं पढ़ाई गयी

श्री रवि -हाँ मामाजी पर मुझे कोई परेशानी नहीं होगी, मैं ज्यादा मेहनत करूँगा

राखी मामी - श्रवन सिखा देगा

श्रवन - पापा से सीख लेगा

श्री रवि - मैं सीख लूंगा, पढ़ भी लूँगा, किसी से पीछे नहीं रहूँगा

श्री रवि के मामा रामहरी, उसे बहुत प्यार करते थे और मन से यह चाहते भी थे, मानते भी थे कि श्री रवि पढ़ लिख कर अच्छा इंसान भी और अधिकारी भी बने, मामाजी का पहला पाठ था बेटा श्री रवि तुम जो बनना चाहते हो बन जाओगे, बस इमानदारी और पूर्ण दृढ़ता के साथ करना, मुझे पूरा विश्वास है आगे की इस पढाई में भी प्रथम स्थान पाने का मन से कुशाग्रता से प्रयास करोगे।

बस यह थी उसके भविष्य की नींव से ऊपर की बिल्डिंग की शुरुआत।

अपने गांव की सरकारी प्राइमरी पाठशाला से कक्षा 5 पास करके श्री रवि का ABB इंटर कॉलेज में कक्षा 6 में एडमिशन हो गया। मिला था सेक्शन A, कक्षा 6 में। हुआ यह की लगभग 1 महीने पढ़ने के बाद श्री रवि को सात-आठ दिन बीमारी के कारण छुट्टी लेनी पड़ी और जब वो वापस स्कूल ज्वाइन किया तो उसे कक्षा 6, सेक्सन A से कक्षा 6, सेक्सन C में ट्रांसफर कर दिया गया है, पता चला। वो बहुत ही नाराज भी हुआ, दुखी भी हुआ और कॉलेज के प्रिंसिपल शर्मा जी से शिकायत करने गया।

जब वो प्रिंसिपल साहब के पास पहुंचा, वहां पर गणित के अध्यापक श्री भूषण गुप्ता जी भी बैठे थे। उसे बाद में पता चला वह कक्षा 6, सेक्शन C को बीजगणित पढ़ाते हैं। उसने प्रिंसिपल सर से कहा सर मेरा एडमिशन कक्षा 6, सेक्शन A में हुआ था। मैं सिक लीव पर था। जब आज मैं क्लास में पहुंचा, मुझे कहा गया की मेरा सेक्शन A से बदलकर C कर दिया गया है, वह भी बिना मुझे

बताये, मुझे कक्षा 6 सेक्शन A ही चाहिए मैं सेक्शन C क्यों जाऊँ।

प्रिंसिपल ने श्री रवि से पूछा सेक्शन C भी तो इसी कॉलेज में है। उसमें पढ़ने से क्या कमी रह जाएगी, रवि ने कहा जैसा मैं समझता हूँ सेक्शन A में सभी छात्र उत्तम है और सेक्शन C में नहीं, जब मुझे सेक्शन A में दाखिला मिला था तो चेंज क्यों किया गया। मुझे मेरा TC दे दीजिए मैं दूसरे इंटर कॉलेज में एडमिशन ले लूँगा। प्रिंसिपल साहब ने सेक्शन A के क्लास टीचर से कहा, इनका सेक्शन क्यों बदला गया, उसने प्रिंसिपल साहब से कहा, ये लंबी छुट्टी पर थे, अतः ऐसा हो गया। मैंने प्रतिवाद किया, कक्षा 6, सेक्शन A के क्लास टीचर का मुँह उतरा सा लगा। श्री रवि ने प्रिंसिपल से फिर कहा, मेरा सेक्शन A से C बदलना वो भी बिना बताए गलत ही नहीं असंगति है।

प्रिंसिपल साहब अनुभवी थे, निष्पक्ष थे। श्री रवि के तर्क से सहमत थे, पर अपने ही अध्यापक को कुछ कहना नहीं चाहते थे। जो अध्यापक भूषण गुप्ता पहले से ही वहाँ थे, जिन्होंने श्री रवि को बीजगणित पढ़ाया, बोले देखो श्री रवि तुम एक मेधावी छात्र हो, तुम्हारी इसमें कोई गलती भी नहीं, पर यह तो हो गया सो गया। तुम सेक्शन C में जाओ, अच्छे से मन लगाकर पढ़ो और साबित करो, क्लास में सेक्शन ही क्या सारी क्लास, सारे सेक्शन में प्रथम आकर दिखाओ। श्री रवि को उन तीनों प्रिंसिपल, भूषण गुप्ता, कक्षा 6 सेक्शन A के अध्यापक, सभी ने समझाया

और श्री रवि को क्लास 6 सेक्शन C में जाने के लिए मना लिया। श्री रवि यह कहकर सेक्शन A से क्या सभी सेक्शन से अच्छा रिजल्ट लाकर दिखाऊंगा। श्री रवि ने जब सेक्शन C में जाकर attendance लगवाई तो सभी छात्र उसे देखकर हंसने लगे, श्री रवि क्लास में सबसे पिछली बेंच पर जाकर बैठ गया, बुरा लगा परन्तु शांत रहा। एक ही महीने में सेक्शन C का नंबर वन मेधावी छात्र बन गया। सभी विषयों में हाजिर जवाब, छमाही परीक्षा में सेक्शन C में प्रथम और सभी सेक्शनस में द्वितीय, श्री रवि को गर्व हुआ जब, सालाना परीक्षा में, सभी स्टूडेंट्स की सभा में क्लास वाइज रिजल्ट बताया गया। श्री रवि ने सेक्शन A से सेक्शन C, तीनों सेक्शन कक्षा 6 में पूरी विद्यालय में प्रथम स्थान प्राप्त किया।

प्रिंसिपल ने श्री रवि को अपने पास बुलाया और सबके सामने संबोधित करते हुए, श्री रवि को बहुत शाबाशी दी कहा,

प्रिंसिपल - श्री रवि तुम कक्षा 6 में प्रथम स्थान पास किये हैं

श्री रवि - हाँ सर

प्रिंसिपल - कौन सा सेक्शन

श्री रवि - सेक्शन - C

भूषण शर्मा - क्या तुम्हें सेक्शन A से सेक्शन C जाना अच्छा रहा

श्री रवि - सर A से C में जाना अब अच्छा रहा, पहले पहले अच्छा नहीं लगा था

कक्षा 6 A अध्यापक - मेरा अच्छा स्टूडेंट का सेक्शन बदलना मेरे लिये ठीक नहीं रहा

भूषण शर्मा - क्रेडिट श्री रवि को है

प्रिंसिपल ने सभी के सामने श्री रवि को सारे स्टूडेंट्स के सभी कक्षाओं का श्री रवि की स्टोरी कक्षा 6 सेक्शन A में दाखिला, बिना उसे बताए उसका कक्षा 6 A से कक्षा 6 सेक्शन C में बदलना श्री रवि का इस कृत का विरोध करना, उसके तर्क वितर्क और फिर उसका प्रधानाचार्य की बात मानते हुए, कक्षा 6A से कक्षा 6C में बदला सब स्वीकार कर लेना, फिर कक्षा 6C में अपनी योग्यता का लोहा मनवा लेना, छमाई में पूरे सेक्शन C में प्रथम आ जाना और अन्नतः पूरी कक्षा 6 में तीनों सेक्शन मिलाकर प्रथम स्थान पाने की, लगन से पढ़ाई करने की, विस्तार से सुनाया।

श्री रवि की बहुत तारीफ हुयी कक्षा 6 ही नहीं अन्य कक्षाओं के अध्यापकों, हैड मास्टर और सभी ने मिलकर कुछ ना कुछ अच्छा ही अच्छा जितना जानते थे कहा। सुनकर श्री रवि का मन प्रसन्न हुआ, अन्य कक्षाओं और उसकी कक्षा 6 के विद्यार्थियों ने श्री रवि की और आदर और प्यार से देखा।

कहानी किसी की तो है

कुछ घटनाए
चरित्र निर्माण में
सहायक

यह कहानी है चीफ जस्टिस ऑफ नेशन
श्री रवि की

जगनन्दन त्यागी

अध्याय - २

कुछ घटनाए चरित्र निर्माण में सहायक

श्री रवि बचपन से ही सीखते आ रहे थे

सत्य और इमानदारी कर्तव्य निष्ठा, जीवन में आगे बढ़ने में, उद्देश्य और लक्ष्य प्राप्ति में सहायक ही नहीं अपितु अति आवश्यक है।

श्री रवि ने अब तक कक्षा 5 से लेकर हाईस्कूल और फिर साइंस के साथ इंटरमीडिएट पास किया। सबमें प्रथम स्थान, विशेष योग्यताओं के साथ पाया उसके जीवन में गांव में और शहर में भी जितने विशेष घटनाये घटी उनसे भी सीख मिली या यो कहिये सीख ली, जो आगे चलकर उनके चरित्र बनाने में मील का पत्थर हुयी और जिनके कारण श्री रवि की सच्चाई और इमानदारी की छवि बनते रहने में बहुत सहायक रही।

श्री रवि स्वयं में काफी बुद्धिमान फिर भी उन्होंने सीखा और सीखने का कार्य नहीं छोड़ा। कुछ ऐसी घटनाएँ उन्होने अपने बचपन में देखी और सुनी जिनका उनके चरित्र निर्माण में चितार्थ हुआ।

"लइड्डू चुराए नहीं" पिटाई हुई

श्री रवि को याद नहीं है, कि उनकी माँ ने कभी भी उन्हें डांटा हो या पीटा हो सिर्फ एक बार पिटाई हुई थी वह भी जमकर। उनकी सात आठ की रही होगी बात तब की है। जब एक बार उनके फूफा जी के छोटे भाई ओम सिंह उनकी घर आए, उनके थैले में उनकी पोटली बूंदी के लड्डू थे शायद, उनका वो थैला घर की एक दलान में खूंटी पर उन्होंने टांग दिया था। अगले दिन जब वह जाने लगे, तो लड्डू की पोटली गायब पाई, ओम सिंह थे बड़े अजीब कहने लगे मेरे लड्डू किसी ने चुरा लिए, यह अच्छी बात नहीं लगती है, श्री रवि की ओर देखकर बोले इसने ही चुराए होंगे। वहीँ रिश्ते में मेरी ताई जी भी अजीब थी उनकी माँ को उकसाते कहने लगी, यह गलत है, चोरी है, मेरी ओर देखकर कहती रही। पहले तो उनकी माँ ने कहा मेरा बेटा ऐसा किसी भी हाल में नहीं कर सकता, देखो खूंटी कितनी ऊँची है, रिश्ते कि ताई और फूफा जी के भाई ओम सिंह के और अधिक उकसाने पर माँ धैर्य खो बैठती हैं और छड़ी उठाकर श्री रवि की अच्छी खासी पिटाई की। उसे लड्डू चुराना तो दूर पता भी नहीं था की थैली में लड्डू हैं।

श्री रवि की माँ पिटाई करने और उनका गुस्सा शान्त होने पर सब मिलकर आसपास देखने लगे। अरे यह क्या दालान के बराबर लगी कोठरी में वह लड्डू की पोटली फटी पड़ी थी और कुछ लड्डू जमीन पर पड़े हैं और काली बिल्ली लड्डू खा रही है। सबने देखा सब अवाक् खड़े, माँ को उकसाने वाली ताई लड्डू की चोरी कहने वाले ओम सिंह और सब जो वहां थे अवाक् श्री रवि की माँ रजनी जो

की उकसाने पर छड़ी से पिटाई की थी उसके पश्चाताप में रोने लगी, मेरा बेटा सच कहता रहा और मैं उसकी माँ उसे पीटती रही, मैंने केवल इतना कहा यह जो आरोप लगा रहे थे, तुम्हें उकसा रहे थे इनका क्या, अपनी माँ रजनी को रोती देख मैं उन्हें चुप कराते हुए कहा माँ कभी-कभी ऐसा हो जाता है जो नहीं होना चाहिए था। माँ बहुत संवेदनशील और बहुत अच्छी माँ थी। आज भी उनकी यह सब बातें मुझे अक्सर याद आ जाती हैं।

जब यह हुआ था, श्री रवि के पिताजी श्री अजीत सिंह अपनी पत्नी श्री रवि की माँ से बहुत नाराज हुए थे और उन्होंने ताई जी, ओम सिंह श्री रवि की माँ रजनी से कहा था,

अजीत सिंह - भाभी आपको को यह क्या हो गया है

पिताजी की भाभी - क्या हो गया, मुझे लगा चोरी करके श्री रवि ने लड्डू खा लिए

अजीत सिंह - तुम्हे लगा, आपको सोचना चाहिए था, श्री रवि ही क्यूँ, तुम्हारे अपने बच्चे भी तो कर सकते थे

रजनी - मेरी मत मारी गई थी, इनके उकसावे में आ गई

अजीत सिंह - बिना विचारे जो करे सो पाछे पछताय, यह तुम्हारी दशा हो गयी है

रजनी - मुझे अफ़सोस है

अजीत सिंह की भाभी - आइंदा नहीं होगा ऐसे

ओम सिंह - गलती तो सारी मेरी है, ना मैं कहता ना ऐसा होता

श्री रवि - आप लोग बड़े हैं, ऐसा तो बच्चे भी नहीं करते

अजीत सिंह - श्री रवि बेटा यह गलती बड़ो की, इन्हें सीख है

श्री रवि - क्या सीख पिताजी

अजीत सिंह - मामले की तह में जाकर देखन चाहिए सूनी-सुनाई, कही बातो पर विश्वास नहीं

रजनी - गलती तो हो जाती है

ओम सिंह - भाई साहब वास्तव में गलती तो सारी मेरी मुझे अफ़सोस है

श्री रवि - फूफाजी मेरी तो पिटाई हो गयी वो भी बिना किसी गलती के

रजनी - मुझे सदा अफ़सोस रहेगा

ताई जी - अरे कह तो रहें हैं, आगे से ऐसा नहीं होगा

श्री रवि - मुझसे तो कोई माफ़ी भी नहीं मांगेगा, सब मुझसे बड़े हैं समझदार हैं

रजनी - बेटा मुझे तू माफ़ नहीं करेगा तो मैं दुखी रहूंगी

श्री रवि - अच्छा ऐसी बात है तो मेरी माँ आपको माफ़ कर दिया

अजीत सिंह - श्री रवि मैंने तो तुम्हारी पैरवी की है

श्री रवि - पिताजी आपने सच्चाई का इमानदारी से साथ दिया है

ओम सिंह - बेटा श्री रवि, गलती मुझसे शुरू हुई, माफ़ कर दे और ये सब भुला दे

श्री रवि - यह सबका हाल और सच मानने से गलती माफ़ मैंने आप सबको दिल से माफ़ कर दिया

सब प्रसन्न सब खुश

एक बार तो श्री रवि अपने रिश्ते के चाचाजी के साथ गांव जा रहे थे बस स्टैंड पर बस का टिकट लेकर वो बस चलने का इंतजार कर रहे थे इसी बीच श्री रवि ने आईसक्रीम वाले से आईसक्रीम लेकर खा ली जब आईसक्रीम वाले ने पैसे मांगे तो श्री रवि को लगा उसने तो पैसे दे दिए तभी आईसक्रीम ली है, तभी आईसक्रीम वाला जोर से बोल - बोलकर श्री रवि से अपनी आईसक्रीम के पैसे मांगने लगा,

श्री रवि - भाई मैंने आपको 50 पैसे का सिक्का दिया है

आईसक्रीम वाला - नहीं मुझे नहीं दिया

श्री रवि - मैं कभी किसी से झूठ नहीं बोलता

आईसक्रीम वाला - बेटा मैं भी झूठ नहीं बोल रहा

श्री रवि - दुवारा पैसे मिलने वाले नहीं

आईसक्रीम वाला - अरे बेटा आपने पैसे दिए ही नहीं, दुबारा का सवाल ही नहीं है

श्री रवि - मैं पैसे दे चुका बस

रिश्ते के चाचा जी - जो कुछ दूर खड़े, सिगरेट पी रहे थे और किसी से बात कर रहे थे वहां आ गए थे, उन्होंने पूछा

श्री रवि क्या हो रह है यह, कौन से पैसो की बात हो रही है

रिश्ते के चाचा जी - श्री रवि बताओ

श्री रवि - चाचाजी मैंने इनसे (आईसक्रीम वाले की ओर इशारा करते हुए) आईसक्रीम ली थी

चाचाजी - तो

श्री रवि - इन्हे 50 पैसे दे दिए थे, अब दुबारा माँग रहें है पैसे

रिश्ते के चाचा जी - जो यह जानते थे और मानते भी थे श्री रवि कभी झूठ नहीं बोलता और ये 50 पैसों के लिए क्यों झूठ बोलेगा, अगर यह कह रहा है तो इसने आईसक्रीम वाले को पैसे दे दिए हैं और ये आईसक्रीम वाला दुवारा पैसा लेना चाहता है, बेईमान कहीं का, अब वो क्रोध से आईसक्रीम वाले को देखते हुए बोले - यहाँ यह जरुर बता दें श्री रवि के ये चाचा जी यानि रिश्ते के चाचाजी गांव में बड़े दबंग माने जाते थे, केवल श्री रवि के पिता अजीत सिंह का सम्मान अवश्य करते थे, गांव में उनकी दबंगई की तूती बोलती थी। अब

रिश्ते के चाचा जी - अबे साले तू झूठ बोल रहा है, पैसे श्री रवि ने तुझे दे दिए

आईसक्रीम वाला - नहीं चौधरी साहब नहीं दिये वरना मैं मांगता क्यूं

श्री रवि - मुझे अच्छा नहीं लग रहा पैसे दे दिये, अब दुबारा मांग कर बेइज्जत कर रहा है

आईसक्रीम वाला - मैं क्यूं बेइज्जत करूँगा मेरी आप से दुश्मनी थोड़े ही है

रिश्ते के चाचा जी ने आव देखा ना ताव अब उस आईस क्रीम वाले को कहा साले बड़ा इमानदार बनता है, और हमारी इज्जत - बेइज्जत की बात करता है, तेरी औकात क्या है वैसे मांगता तो रुपया दो रुपया हम दे देते पर तू तो हमारे भतीजे की सच्चाई पर ऊँगली उठा रहा है, यह कहते हुए उस अधेड़ आईस क्रीम वाले की ताबड़ तोड़ पिटाई कर दी और तब तक पीटा जब तक उसने माफ़ी नहीं मांगी और उसने माफ़ी माँगते हुए कहा हाँ चौधरी साहब मेरी गलती भी है भूल भी है मैंने इनसे दुबारा पैसे मांगे मुझे माफ़ कर दो, पैर पड़ता हूँ आपके

रिश्ते के चाचाजी, विजयी मुस्कान के साथ बस में बैठ गए मैं भी बस में बैठ गया और गांव की ओर प्रस्थान किया, बिना ये परवाह किये उसका क्या हाल हो गया था।

श्री रवि को पश्चाताप तब हुआ जब घर पहुंचकर उसने स्वेटर उतारा और कमीज उतारी और 50 पैसे का सिक्का जमीन पर टन्न से गिरा। वास्तव में हुआ था ये की उसने 50 का सिक्का हाथ में लेकर आईसक्रीम वाले से आईसक्रीम तो ले ली पर गफलत में सिक्का आईसक्रीम वाले को नहीं अपनी जेब में डाल लिया और भ्रम ये हो गया मैंने सिक्का उसे दे दिया है और बहुत दुखी हो गया, वह आईसक्रीम वाला सच्चा था झूठा मैं भी नहीं था, परन्तु उस सच्चे और अच्छे इंसान को बिना उसकी गलती के 50 पैसे का नुकसान, गहरी पिटाई और बस स्टैंड पर कीरकिरी अलग हुई मन में

मेरे अफ़सोस और मेरी आखो में आँसू आ गए, ये सोचकर वो हमारी ओर सच के लिए क्या सच्चाई का स्टैंडर कर रहा था, झूठ के सामने, रिश्ते के चाचाजी की दवंगी का दंड विना गलती भोग रहा था। मैं बहुत उदास हो गया मेरा मन मुझे धिक्कार रहा था। मेरी माँ ने मुझसे पूछा और पूरा किस्सा जानकर कहने लगी -

रजनी - बेटा श्री रवि ऐसा होना नहीं चाहिए था

श्री रवि - माँ मैं मानता हूँ, गलती अनजाने में ही सही मेरी है

रजनी - और सजा उस गरीब को

श्री रवि - हाँ माँ अब क्या करूं

अजीत सिंह - (पास ही थे) क्या हो गया, कैसी गलती किसकी गलती

श्री रवि - पूरा किस्सा सूना दिया और अपने पिताजी से कहा, मुझसे भूल हुई गलती हुई।

रिश्ते के चाचा जी - अरे क्या हो गया, ऐसा हो जाता है

दे देंगे उसे पैसे बस स्टैंड पर ही वो रहता है आईस क्रीम बेचता है। कौन सी बड़ी बात है क्या

अजीत सिंह - राजेंदर (रिश्ते के चाचा जी) गलती छोटी नहीं है, अन्याय हो गया है, अब बता उसे पैसे तो दे सकते हैं, परन्तु उसकी अन्याय पूर्ण पिटाई उसकी बेइज्जती को कैसे लौटा सकते हैं

राजेंदर - भाई साहब गलती हुई मुझसे माफ़ कर दो

अजीत सिंह - तुम्हे ही नहीं श्री रवि को भी माफ़ी मांगनी होगी, हमसे नहीं उस आईसक्रीम वाले से

श्री रवि - हाँ पिताजी मैं उससे माफ़ी मांगूंगा उसको चार गुने पैसे भी दूंगा

अजीत सिंह - देखो राजेंदर, श्री रवि तुम्हे उस आईसक्रीम वाले को पैसे देने होंगे, माफ़ी मांगनी होगी वो भी उसी बस स्टैंड पर, सबके सामने वरना मैं तुम्हे माफ़ करने वाला नहीं

रजनी - हाँ ये सही है। गलती है तो माफ़ी भी मांगे और उसके पैसे भी दो, फिर कभी ऐसी गलती ना हो ध्यान रखना और हाँ श्री रवि तुम उस आईसक्रीम वाले से माफ़ी मांगना उसके चरण स्पर्श करना और कहना की तुम्हे ऐसा हो गया इसका अफ़सोस जीवन भर रहेगा।

श्री रवि - हाँ माँ, हाँ पिताजी ऐसा ही करूँगा

राजेंदर - मैं भी चलूँगा तुम्हारे साथ श्री रवि, हम दोनों मिलकर माफ़ी मांगेंगे, तुम्हारी भूल की और मैं अपने गलती की

अगले हफ्ते श्री रवि जब छुट्टियों के बाद गांव से शहर गया तो उसके साथ शहर उसके रिश्ते के चाचाजी भी गये, बहुत ढूंढने पर भी आईसक्रीम वाले नहीं मिले तो, उन्होंने बस स्टैंड के एक दुकानदार से किसी तरह उसके घर का पता मालूम करके, उनसे मिलने गए, उन्हें घर आया देख कर वो अपने छोटे से किराये के कमरे से बाहर आया था। बहुत अनेको तरह की बाते करने के बाद भी वह उनसे कह रहा था। मेरी गलती है मैंने दुवारा पैसे मांगे मेरी भूल है आप लोग बड़े आदमी हो झूठ कहाँ बोलोगे, झूठ तो हम

गरीब लोग का काम है। वह बहुत दुखी हुआ था। श्री रवि ने उस आईसक्रीम वाले को बड़ी मुस्किल से सामान्य कराया, उसके चरण छूकर माफ़ी मांगी रिश्ते के चाचा राजेंदर ने भी गलती की क्षमा मांगी

राजेंदर - गलती हमारी है, आप सही है

श्री रवि - चरण स्पर्श हार्दिक क्षमा

आईसक्रीम वाला - चाचाजी से कहा किसी ओर के साथ ऐसा ना करे, श्री रवि से कहा - बेटा तुझे क्षमा है, सच्चाई का रास्ता भूल से भी छोड़ना नहीं

जब श्री रवि क्लास में थे तब एक ऐसा अवसर आया जब वो अपने मामाजी श्री रामहरि के साथ मामाजी की सैकंड हैण्ड लैंड मास्टर कार से मुझफ़रनगर से रुडली जा रहे थे, कार के रेडीऐटर में समस्या आ गयी, कार का इंजन गर्म हो गया, रास्ते पर ही कार रोकनी पड़ी, रेडीऐटर में पानी डालना जरुरी था हमने कार सड़क पर एक घर के सामने रोकी, जहाँ पानी मिलने की उम्मीद थी।

वहां पर एक 11-12 साल का लड़का हमारे कार रोकते ही भागता हुआ आया और कार देखकर बोला पानी चाहिए, मैं लाता हूँ और हमारे हाँ कहने पर दौड़ कर गया और एक बाल्टी पानी लेकर तुरंत वापस पहुंचा। रेडीऐटर में पानी डालने के बाद हमें उस बच्चे को एक दो रूपये का नोट देना चाहा तो बच्चा बोला मैंने आपकी मदद के लिए पानी ला कर दिया है। मैं पानी बचता नहीं हूँ और ना ही पैसे के लिए किया है। मुझे उस बच्चे की इस बात से यह जरुर

लगा बच्चा भी ग्रेट वैल्यू वाला नागरिक बनेगा। उसे प्यार से धन्यवाद दिया और उसकी प्रशंसा की, उसे भी गर्व महसूस कराया और उसे धन्यवाद देकर चल दिए। रास्ते में हम उसकी प्रशंसा कहते रहे और उसको याद करते हैं। बड़ा होकर जरुर वो एक अच्छा नागरिक और अच्छा इंसान बना होगा।

एक अन्य घटना श्री रवि के साथ तब घटी जब वो दसवीं फर्स्ट डिविजन से पास करके 11 वीं कक्षा में आया था

जब श्री रवि 11 वीं में पढ़ता था। हाई स्कूल में फर्स्ट क्लास (विद डिस्टिंक्शन) पास किया था। उसके रमेश मामा जी ने उसे रिस्ट वाच इनाम में दी थी, बड़ी सुन्दर थी, उसमे चेन भी सुन्दर थी। अक्सर घडी पहकर क्लास जाता था। सबके पास नहीं, एक दो साथी स्टूडेंट ही घड़ी पहन कर आते थे।

एक दिन उनके फिजिस्क के अध्यापक (लेक्चरर) क्लास लेने नहीं आए तो सारे स्टूडेंट शरारत करने लगे, कुछ आपस में बातें कर रहे थे। कुछ किताब पढ़ रहे थे, हुआ यह की श्री रवि और उसके चार दोस्त क्लास रूम में बैठे थे और मजाक - मजाक में एक दुसरे से गुथम - गुत्थी हो गई, उस समय श्री रवि के थी हुए हाथ में घड़ी थे और जब हम शान्त हम तो श्री रवि अपने हाथ से घड़ी गायब पाई। बहुत ढूंढा क्लास में कोना-कोना छान मारा परन्तु घड़ी ना मिलनी थी, ना मिली। अध्यापक क्लास में आ गए उन्हें बताया गया श्री रवि की रिस्ट वाच क्लास में चार दोस्तों के साथ शरारत करते हुए गायब हो गई। किसी

ने घड़ी साफ़ कर दी है। ऐसा कहते कुछ लड़के कहने लगे, इसके इन चार दोस्तों की तलाशी लेनी चाहिए। इनमे से किसी एक ने चुरा ली है। अध्यापक ने पहले तो पूरा क्लास रूम चेक कराया, फिर कहा क्लास रूम से बाहर कोन गया, बताया गया की लगभग सारे स्टूडेंट बाहर भी गए और अन्दर भी आए। फिर अध्यापक महोदय पहले श्री रवि के चारों दोस्तों की तलाशी लेने की बात कह ही रहे थे, श्री रवि को लगा शक के बिना पर उसके मित्रों की तलाशी ली गई तो हो सकता है किसी के पास बैग में घड़ी मिल जाए, एक तो वह हार्ट होंगे, दूसरा जिसके पास घड़ी मिल गई वह तो बदनाम ही हो जाएगा। अगर नहीं मिली तब भी दोस्त हार्ट होंगे। दोनों में दरार पक्की पड़ेगी।

श्री रवि ने अध्यापक महोदय से कहा, नहीं सर किसी की तलाशी नहीं हो सकता है, कहीं और घड़ी गिर गई हो या आज मैं पहन कर नहीं आया हूँ। वो शक के बिना पर अपने मित्रो को कोई हार्ट नहीं करना चाहता। कृपया इस बात को यहीं समाप्त कर दे। जब उसके रमेश मामा जी उससे मिले और उन्हें सारी बात पता चली तो उन्होंने कहा तुमने बिल्कुल ठीक किया। मित्रो की तलाशी नहीं कराई और किसी को भी हार्ट नहीं किया। उन्होंने अगले दिन नयी घड़ी दिला दी। श्री रवि अपने सारे दोस्तों को याद भी किया और मामा जी को धन्यवाद भी किया।

अंततः यह बात कन्फर्म हो गयी, घड़ी उन चारों दोस्तों में किसी के पास नहीं थी, वो छिटक कर क्लास रूम से बहार लॉन की हैज्जिज में जा गिरी थी, और माली को

घटना के 6-7 दिन बाद मिली थी। सीख मिली, दोषारोपण बिना सच्चाई के नहीं।

श्री रवि इससे बहुत प्रसन्न हुए, उसने अपनी मित्रो से इस विषय पर कुछ नहीं कहा था। उसके चारों मित्र भी प्रसन्न थे, भले ही श्री रवि ने उनकी तलाशी नहीं होने दी थी, पर वो अपने आपको अन्य क्लास के साथियों की शक की नजर में आए हुए थे। घटना छोटी लगाती थी परन्तु इसका असर बहुत बड़ा था, शक बने कारण, किसी का दोषी बना देना किसी भी रूप में सही नहीं होता, जिसे झूठ के आरोपी कहा जाय, बनाया जाय उसकी मनोदशा क्या कोई समझ सकता है। इस घटना पर क्लास के वो अध्यापक जिनके पीरियड में यह हुआ था, श्री ब्रह्मपाल वर्मा जी इस पर क्लास में कुछ समय के लिए डिवेट कराया था और श्री रवि के इस निर्णय की सराहना की, सभी स्टूडेंट्स क्लास के, ने भी अपने शब्दों में श्री हरी की प्रसंश की

अध्यापक ब्रह्मपाल वर्मा - सात दिन पहले श्री हरी की छठी क्लास में चोरी हो गया है ऐसा हमें लगा था।

श्री रवि - मैंने किसी पर आरोप नहीं लगाया था

स्टूडेंट नाथीराम - मैं श्री रवि का दोस्त हूँ सबने मुझ पर शक किया था

स्टूडेंट राजपाल - मैं भी श्री रवि का दोस्त हूँ मुझ पर भी क्लास के स्टूडेंट शक कर रहे थे

स्टूडेंट सुरेन्द्र - शक तो मुझ पर भी था, सबको

स्टूडेंट निर्मल - शक तो सबने किया, शिवाय श्री रवि के

अध्यापक ब्रह्मपाल वर्मा - देखो भाई, जब कोई ऐसी घटना होती है तो निकटतय, आस पास वालों पर शक करते ही हैं। अब घड़ी मिल गयी है हम सब प्रसन्न है, किसी पर अब शक नहीं था।

श्री रवि - सर मुझे अपने मित्रो पर किसी प्रकार का शक नहीं था, मैंने कोई आरोप नहीं लगाया

स्टूडेंट सुरेन्द्र -अगर बांकी स्टूडेंट्स के कहने पर तलाशी हो जाती

श्री नाथीराम - हमारा अपमान भी होता, हम दुखी भी होते

स्टूडेंट राजपाल - हम कभी मित्र से विश्वास घात नहीं करते

स्टूडेंट निर्भय - अच्छा किया श्री रवि ने, वरना हमारी दोस्ती सदा के लिए टूट जाती

श्री रवि - क्या मैं ऐसे होने दे सकता

ब्रह्मपाल वर्मा - सूझ बुझ से जो किया जाता है वो सबसे अच्छा होता है

अगले दिन कॉलेज की मोर्निंग प्रेयर के समय, प्रधानाचार्य श्री मित्तल ने इस विषय पर श्री ब्रह्म पाल के द्वारा बताये गए विवरण, व्ख्या और डिवेट में लिए गए, कहे गए उद्गारो को जानकर, श्री रवि की सराहना की उनका कहा गया कि ऐसी ऐसी घटनाएँ सूझबूझ से लिए गए निर्णयों, विश्वास और धैर्य इन्ही से मिलकर, ब्रिक बाई ब्रिक बिल्डिंग जैसा चरित्र बनता है।

श्री रवि उस दिन कॉलेज के HERO OF THE DAY बन गये थे। उनकी क्लास में भी, कॉलेज में भी प्रसंशा हो रही थी। श्री रवि ने अपनी इंटरमीडिएट की परीक्षा प्रथम श्रेणी एवं बोर्ड में पांचवा स्थान पाकर पास की।

अब श्री रवि को आगे की पढाई के लिए और कैरियर के लिए सोचना था। वो किस डिसिप्लिन में जाना चाहेगा, इंजीनियरिंग, मनेजमेंट, साइंस या कुछ ओर श्री रवि के मन में बचपन से ही न्याय मार्ग पर चलने की इक्छा थी, उसके लिए उसे कानून की डिग्री जरुरी थी।

कहानी किसी की तो है

किस ओर जाना है
इंजीनियरिंग नहीं
LLB

ये कहानी है चीफ जस्टिस ऑफ नेशन
श्री रवि की

जगनन्दन त्यागी

अध्याय - ३

किस ओर जाना है, इंजीनियरिंग नहीं, LLB

श्री रवि के परिवार और नजदीकी रिश्तेदारों में यह धारणा थी कि श्री रवि ने इतने अच्छे से बोर्ड की परीक्षण साइंस में की है, हाई स्कूल में भी साइंस थी, उसे इंजीनियरिंग में एडमिशन लेना चाहिए। उसके साथी मित्र, मामाजी, उनके परिवार के सदस्य, सभी उन्हें इंजीनियरिंग में जाने की सलाह दे रहे थे।

श्री रवि, के परम मित्र भगवान दास जो ये भली भांति जानते थे की श्री हरी का लक्ष्य है, जज बन कर न्याय मार्ग पर चलते चलते न्याय में सच्चाई और ईमानदारी का सदा समावेश हो, और न्याय हो अन्याय नहीं फिर भी वो चाहते थे की श्री रवि अपना मार्ग चुनने से पहले अपने रिश्तेदारों जो उसके शुभ चिन्तक भी है, मित्र से अपने माता पिता से सलाह ले, डिस्कस करे और अपना आगे का मार्ग चुने, उसके लिए उसके माता पिता और मामाजी का सपोर्ट और साथ अत्यंत जरुरी भी है।

श्री रवि ने अब तक अपनी पढाई बहुत ही अच्छी की थी, पाँचवी पास से अब वो बारहवीं (इंटरमीडिएट) पास कर चुका था, वो भी हमेशा फर्स्ट क्लास बारहवीं में उसने

साइंस स्ट्रीम में (PCM)से अंग्रेजी और हिंदी के अथ हर विषय में विशेष योग्यता से। वह इंजीनियरिंग के किसी भी अच्छे इंजीनियरिंग कॉलेज या यूनिवर्सिटी में एड्मिसन पा सकता था, मन के अनुसार कोई भी ब्रांच चुन सकता था और तो और उसने देश की प्रसिद्ध विद्यालय का इंजिनीरिंग के लिए प्रवेश परीछा भी पास कर लिया था।

मामा राम हरी जी स्वयं PSC क्वालिफाइड करके ओवरसियर (जूनियर इंजीनियर) से असिस्टेंट इंजिनियर अपने विभाग में बन गए थे और उनका स्थान्तरण दुसरे शहर में हो गए थे। उन्हीं की प्रेरणा से श्री रवि पढाई में इतनी अच्छी सफलता पाने में समर्थ हुए थे। श्री रवि अपने माता पिता और इन मामाजी को सबसे ज्यादा मानते थे एक प्रकार ये उनके रोल माडल थे। उनका भी विचार था श्री रवि रूडकी विश्व विद्यालय से इंजीनियरिंग में डिग्री ले और इंजिनियर बने।

इंटर बोर्ड की परीक्षा की मार्कशीट मिल गयी थी श्री रवि अपनी मार्कशीट दिखाने मामा राम हरी जी के पास गए, ड्राईंग रूम में परिवार के सदस्य और श्री रवि को आशीर्वाद, उसको बधाई देने रिश्तेदार और मित्र गण आ जा रहे थे सभी अपने अपने तरीके से उसे, इंजीनियरिंग में जाने की सलाह दे रहे थे, तर्क वितर्क के साथ

मामाजी श्री राम हरी - बेटा अब क्या करना है

श्री रवि - मैं इंजिनियर नहीं जज बनना चाहता हूँ

रिश्तेदार राजन - हमारे ख्याल से इंजिनियर से बेहतर कुछ नहीं

मामाजी श्री इलयचन्द्र - भाई हम तो इंजिनियर बनने की सलाह देते हैं

दोस्त राजपाल - कालिज टॉप, बोर्ड में 5 वा स्थान वो भी साइंस में, इंजीनियरिंग में चलो

दोस्त निर्भय - आज कल सबसे प्राइम इंजीनियरिंग है उसके बाद सब

साथी नाथीराम - अरे यार इंजिनियर बनना है तुम्हे, जज बनना इतना स्योर नहीं

साथी सुरेन्द्र - श्री रवि मैं तो इंजीनियरिंग के अलावा और कुछ नहीं सोचता

रवि के सभी दोस्त, मामाजी, अध्यापक, कालिज के प्रिंसिपल, रिश्तेदार सभी, उस समय के अनुसार इंजीनियरिंग में जाने की सलाह, कुछ आदेश की तरह कुछ दोस्ती के लिए, श्री रवि सबकी सुन रहे थे। अंत में उनके पिता श्री अजीत सिंह, जो स्वयं तो अनपढ़ थे, उनकी माँ रजनी स्वयं अनपढ़ थी, परन्तु ये दोनों माँ बाप अपने बेटे के भविष्य के लिए अच्छा ही सोच रहे थे। उन्हें भी सभी लोग श्री रवि को चार वर्षीय इंजीनियरिंग का डिग्री पास करने की सलाह दे रहे थे श्री रवि पर एक प्रकार से साइकोलॉजिकल प्रेशर बना रहा था, वो स्वयं भी जानते थे की इंजीनियरिंग डिग्री पास करते ही अच्छा भविष्य खड़ा है। नौकरी सरकारी जिसका के सभी के मन में लालसा होती की उन्हें आसानी से मिल जाएगी। वह इस बात से आश्वस्त थे अगर वो इंजीनियरिंग डिग्री करेंगे तो करेंगे विशेष योग्यता से ही। वो यह भी जानते थे की

इंजीनियरिंग डिग्री के साथ वो इंजिनियर तो सीधे ही बन सकते है। अपितु I.A.S, I.P.S, PSC (A), PSC (P) और अनेको क्षेत्र में उन्हें जा पाने का रास्ता खुला मिलेगा, अगर मेन उनकी लाइन इंजीनियरिंग रहेगी तो विकल्प उनको अनेको मिल सकते हैं। जज बनने के लिये उन्हें L.L.B की डिग्री पास करना ही होगा और L.L.B कर लेने पर जज बन जाने का विकल्प तो मिलेगा, पर स्योर नहीं, हाँ वे L.L.B के साथ वकालत का प्रोफेशन चुन सकते हैं।

इसी उधेड़बुन में चल रहे थे श्री रवि, उन्होंने रुड़की यूनिवर्सिटी एवं अन्य इंजीनियरिंग कॉलेज में जहाँ कम्पटीशन होता था रिटेन और पांच वर्षीय ला कोर्स करने वाले भी कम्पटीशन भी देते रहे। उनका सलेक्शन 4 वर्षीय इंजीनियरिंग डिग्री कोर्स और पांच वर्षीय BA, LLB में सब में क्वालीफाई कर गए।

उनको करियर के लिए कोर्स चुना था अब फैसला करना था इंजीनियरिंग या लॉ.

मामाजी - बेटा क्या डिसाइड किया है इंजीनियरिंग या लॉ

पिता श्री अजीत - श्री रवि मामाजी क्या पूछ रहे हैं बताओ

माँ रजनी - हमें ज्यादा तो पता नहीं सब कहते हैं इंजिनियर बने

श्री रवि - माँ, मामाजी, पिताजी मेरा सलेक्सन इंजीनियरिंग और लॉ दोनों में हो गया है। इसमे डाउट नहीं, सभी इंजीनियरिंग को अच्छा मानते हैं

मामाजी - मैं भी इंजीनियरिंग पसंद करता हूँ

राखी मामी - बेटा इंजीनियरिंग करेगा तो डायरेक्ट इंजिनियर बनेगा

श्रवन ममेरा भाई - देख ले सब कह रहे हैं सब तेरा भला ही तो चाहते हैं

भगवान दास - जो कस्बे के कॉलेज से आर्ट साइंस में बचपन का मित्र इंटरमीडिएट किये थे आज श्री रवि से काफी दिनों के अन्तराल पर मिलने आए थे, उसके आने पर श्री रवि के पिता बोले, भगवान दास की अपने मित्र के लिए क्या राय है। श्री रवि की माँ रजनी ने कहा हाँ ये श्री रवि का पक्का दोस्त है, बचपन से जरुर अच्छी सलाह देगा अपने दोस्त को,

भगवान दास - चाची, चाचाजी, मामाजी श्री रवि स्वयं अपने में पूर्ण है जो करेगा सही होगा ऐसा मेरा विश्वास है।

अजीत सिंह - बेटा यह तो ठीक है पर तुम्हारी राय हमारे लिए मायने रखती है।

रजनी - अरे बेटा अपनी सलाह दो और हाँ तुम आगे क्या कर रहे हो

राम हरि - भाई हमारी राय भी है इच्छा भी है इंजीनियरिंग करे श्री रवि बांकी वो अब स्वयं तय कर सकता है।

चारों वहां पर उपस्थित मामा जी, माँ, पिता और भगवान दास ने एक साथ श्री रवि से पूछा श्री रवि तुमने क्या फाइनल किया है।

श्री रवि - स्पष्ट और शान्त स्वर में कहा BA LLB करना है और उनके बाद जज बनना है। मैंने न्याय का रास्ता चुन लिया है

और इस प्रकार पंचों ने कहा फैसला हुआ BA LLB.

अजीत सिंह - श्री रवि LLB करेगा

रजनी - श्री रवि चाहता है कानून की पढाई, यही सही है, पढ़ाएंगे इसे

भगवान दास - श्री रवि की मन की इक्छा पूर्ण हो

राम हरि - LLB करना ही उत्तम है

मामाजी BE करता तो अच्छा था पर अब LLB करेगा तो और भी अच्छा होगा

श्री रवि - मैं विश्वास दिलाता हूँ LLB करूँगा प्रथम स्थान लाने की प्रयास होगी फैसला LLB.

अब ये निश्चित हो चुका था श्री रवि को अपना मार्ग मिल गया, वह LLB करके जज बनेगा और सत्य एवं इमानदारी से न्याय मार्ग पर चलते हुए नेशन देश में न्याय क्रांति लाने का प्रयास करेगा, उसका उद्देश्य उसका लक्ष होगा है न्याय में सच्चाई और इमानदारी का समावेश

कहानी किसी की तो है

L.L.B.

Admission

एडमिशन

ये कहानी है चीफ जस्टिस ऑफ नेशन
श्री रवि की

जगनन्दन त्यागी

अध्याय - ४

L.L.B. एडमिशन (Admission)

अब श्री रवि LLB में (Admission) दाखिले के लिये प्रयत्नशील हो गये, उसने कई परीक्षाये दिये हुये थे दाखिले के लिये, और कितने ही अच्छे-2 लॉ कॉलेज में दाखिले के लिये अप्लाय भी किया। अब उसे अच्छे से अच्छे लॉ कॉलेज से LLB की डिग्री, प्रथम स्थान से लेने की प्रवल एवं मन से हुई।

श्री रवि का सलेक्शन कई लॉ इंस्टिट्यूट में हो गया था उसने सबसे अच्छा रेपुटेड इंस्टिट्यूट Nation Law College, JELAN पसंद किया जो उसके अपने शहर से काफी दूर दक्षिण दिशा में स्थित था। अब श्री रवि अपने 5 वर्षीय Law कोर्स में दाखिले के लिए अपनों से स्वीकृति और आशीर्वाद लेकर, फोर्मलिटी पूरी करने में लग गया, जुलाई के महीने में उसका ये कोर्स शुरू हो रहा था। शुरू हुआ, इंस्टिट्यूट के कैम्पस होस्टल में उसे अलाट हुआ, रूम नो. 25 और उसके साथ दूसरा रूममेट हुआ। नेशन के उत्तर पूर्व का सहपाठी मिस्टर कानन, होस्टल हो गया, फर्स्ट ईयर LLB में एडमीशन हो गया, कुछ हल्की फुलकी इंट्रोडक्शन के साथ सीनियर स्टुडेंट से रैगिंग भी हो गयी और अब श्री रवि 5 वर्षीय LLB कोर्स में पढाई करने लगे फर्स्ट ईयर में, मन पसंद कोर्स चुनकर एडमीशन होने पर श्री रवि अत्यंत प्रसन्न थे, और उसने अपने कोर्स में मन

लगाकर पढाई शुरू की, पहले ही दिन से पहले ही पीरियड से श्री रवि Law कोर्स के स्टूडेंट बन गए।

उधर श्री रवि के पिता अजीत सिंह, माँ रजनी, मामाजी रामहरि और बचपन का पहला मित्र भगवान दास चारों अलग-अलग कारणों से प्रसन्न हुए। श्री रवि के Law लाइन चुनकर लॉ इंस्टिट्यूट जाने से श्री रवि के अन्य मित्र खासकर राजपाल नाथीराम, सुरेंदर और निर्भय, अपनी-अपनी पसंद और उनके परिवारों की अनुमति से विभिन्न कोर्स और मित्र कॉलेजों में एडमीशन लेकर पढाई करने लगे, कुछ साथी, अपने परिवारिक बिजनेस, BA, BSC आदि कोर्स में आगे बढ़ गये। कुछ साथी जो हाई स्कूल में साथ थे और बायोलॉजी या आर्ट साइंस में इंटर किये थे, उनमें से कुछ मेडिकल, MBBS, आयुर्वेदिक मेडिकल Banks आदि कोर्स में दाखिला लेकर सैटिल हो गए। सबके विषय में तो नहीं अपितु अपने इंटरमीडिएट के सहपाठियों से अनचाही दूरियाँ होती रही, अक्सर ये सब के साथ होता है। यही प्रकृति का नियम है। अपने विशेषों से कांटेक्ट बना रहता है। रहना भी चाहिए अब श्री रवि का पहला सेमेस्टर का रिजल्ट आना था, श्री रवि यह जानते थे उनके इस लॉ इंस्टिट्यूट, Jelan में नेशन के कोने-2 से विद्यार्थी कम्पटीशन जीत कर आए हैं सभी अच्छे मार्क्स पाकर यहाँ पहुंचे हैं। उनका यह इंस्टिट्यूट दक्षिण का ही नहीं अपितु नेशन का टॉप माना जाता है। इसमे, संशय नहीं होगी अगर ये कहा जाय Nation Country का Law में टॉप पर है। श्री रवि के समान सभी स्टूडेंट्स

जिन्हें एडमिशन मिला सभी एक से बढ़कर एक थे। हाँ तो फिर सेमेस्टर का रिजल्ट आया और श्री रवि ने पहले ही पहले सेमेस्टर की परीक्षा में सर्वोच्य नम्बर पायें। उनके न्याय मार्ग की जरनी अच्छी शुरुआत के साथ जाती प्रतीत हो गयी।

श्री रवि बैडमिंटन और टेबिल टेनिस का अच्छे प्लेयर थे, हालाँकि इसमे वो विशेष नहीं थे। नार्मल खिलाड़ी, स्वास्थ का ध्यान रखने वाले पर अधिक पढ़ने वाले माने जाते थे। कॉलेज लाइब्रेरी में लॉ की बुक के साथ जनरल सब्जेक्ट भी पढ़ते थे। राजनीतिज्ञों, लेखकों की विभिन्न विषयों की किताबे भी पढ़ते और Law General तो विशेष रूप से पढ़ते ही थे। दैनिक समाचार पत्र भी पढ़ते थे और देखिये, अपने मन पसंद नावेल और कहानियों की किताबे पढ़ते रहने से नहीं चुकते थे मतलब गहनता में महानता का प्रयास श्री रवि करते रहते थे। देश की राजनीति में भी और Intermediate Level की General Knowledge पास करते रहते थे।

Nation Law Institute, Jeelan के लगभग सभी सेमिनारो, डिबेट और जनरल डिस्कशन में श्री रवि अधिकतर में हिस्सा लेते, उनकी उपस्थिति और अनुपस्थिति को सब ध्यान देते थे। वैसे तो श्री रवि इंस्टिट्यूट में काफी लोकप्रिय स्टूडेंट बन चुके थे, पर उनके टीचिंग स्टाफ में उनका सम्मान काफी अधिक हो गया था, उनकी हर विषय में अच्छी पकड़ थी और भाषा पर विशेष ध्यान रखते थे। व्यवहार कुशल, नम्र स्वभाव, सख्त

अनुशासन और दूसरों की हर संभव सहायता करने का जज्बा बहुत था।

श्री रवि अक्सर अपने संपर्क में आने वालो को बताते रहते थे। मेरे पिताजी हमसे हमेशा कहते तथा समझाते रहते हैं। भगवान ने दो हाथ, अपनी और दूसरों की सहायता के लिए दिए, अच्छा करना है दोनों हाथों से करो, ख़राब किसी का नहीं। किसी की सहायता करने का अवसर आता है तो उसकी भरपूर अपनी समर्थता से करो, मना नहीं, बचना नहीं, इग्नोर नहीं करो कभी भी किसी की भी। श्री रवि अक्सर अपने मामाजी के लड़के, ब्रिजभूषण की वो कहानी याद करते थे जिसमे उन्होंने अपने एक अत्यंत गरीब सहपाठी के किताबों में, कभी-2 फ़ीस में सहायता की थी, सबसे बड़ी बात तो तब हुई थी जब एक बार...

घटना उस समय की जब चवन्नी, अठन्नी चलती थी 1959-60 की, हमारे बड़े भाई साहब बताते थे। मांगेराम कक्षा 6 में पढ़ता था, ठंड के मौसम में जब सब बच्चे कोट पहनकर क्लास आते थे, मांगेराम नहीं। उसको रोज-रोज बिना गर्म कपड़े पहने आना, उसका एक क्लास मेट रमेश लड़का नोटिस करता था। एक दिन हलकी बारिश हो रही थी, सभी स्टूडेंट अधिक गर्म कपड़े पहने थे, नहीं पहने हुआ था तो वो मांगेराम। आज रमेश ने गहरी आत्मीयता से मांगेराम से पूछा, तुम्हे ठंड नहीं लगती, सब गर्म कपड़े कोट पहने हुए आते हैं, केवल तुम्हीं क्यों नहीं। पहले तो मांगेराम झिझका, फिर रमेश को आत्मीयता से देखते हुए बोला, रमेश मेरी माँ गरीब है, घरों में काम करके घर का

गुजारा चलता है। मेरी माँ चाहती तो है मुझे कोट दिलाये पर वह नहीं कर पा रही है। क्या करें क्या ना करें की दुबिधा और गरीबी कुछ हो नहीं पा रहा। मुझे पढ़ा रही है, यह क्या कम है। पढ़ लिखकर कुछ कर पाउँगा, यही आशा के साथ पढ़ रहा हूँ, यही क्या कम है। रमेश ने कहा मैं देखता हूँ क्या कर सकते हैं।

रमेश क्लास का मॉनिटर भी था। क्लास में उसकी बात सुनते थे बच्चे। उसने अगले दिन रैसिस में क्लास में सब बच्चों से कहा हमारे क्लास में सब बच्चों का पाकिट मनी में चवन्नी अठन्नी वो हमारे पेरेंट्स देते ही, किसी - किसी को तो रुपया दो रूपये भी मिलता है। हमारे क्लास में सभी बच्चों के पास गर्म कपड़े और कोट भी पहनने को है। हमारा एक साथी मांगेराम की पारिवारिक स्थिति कुछ बेहतर नहीं है। हम सब मिलकर उसकी सहायता कर सकते हैं, उसके लिए हमें दो काम करने होंगे, नंबर एक मांगेराम से अनुरोध की हम जो करने जा रहे हैं, उसकी स्वीकृति दे, नंबर दो हम सबको अपने एक-दो दिन की पाकेट मनी एक साथ मिलाकर इकट्ठी करके मांगेराम को अपने साथी को अपने स्तर पर कोट बनवा कर दे।

रमेश की अपील पर बहुत सुखद असर हुआ, सबने मिलकर मांगेराम से अनुरोध कर स्वीकृति मांगी ताकि उसके सम्मान को ठेस ना लगे। जब हर स्टूडेंट की अपील थी तो मांगेराम को मानना पड़ा। देखते ही देखते सबने रमेश के पास जो चवन्नी अठन्नी का ढेर लगा दी। क्लास में तीन चार बच्चों ने रूपये दो रूपये भी दिया। जब सबका

कॉन्ट्रिब्यूशन इकट्ठा हो गया तो गिनने पर 24 रूपये 8 आना हुआ, जिसे मांगेराम का (ब्लेजर) कोट बनवाकर मांगेराम को दिलाया गया, मांगेराम ने सबका धन्यवाद किया और पूरी क्लास ने मिलकर एक गुलाब के गुलदस्ते के साथ क्लास टीचर से परमिशन लेकर रमेश के इस नोबिल कार्य के लिए अभिनन्दन किया। क्लास टीचर ने पूरी क्लास को शाबाशी दी।

अपने परिवार, साथी, रिश्तेदार, जानकार किसी को भी जब श्री रवि, सहायता करते देखते थे तो उन्हें प्रसन्नता होती और वो स्वयं भी, जरूरतमंद की भरसक सामर्थता अनुसार प्रयास करते थे। यही उन्हें उनके माँ और पिताजी ने भी सिखाया था।

श्री रवि को अपनी माँ का समय-समय पर गांव में गरीबों की सहायता करते देखकर, बहुत अच्छा लगता था, सहायता बहुत बड़ी-बड़ी नहीं करते थे, बल्कि उनके द्वारा छोटी-छोटी सहायता करना, गरीबों के मुँह पर ख़ुशी की एक लहर जरुर आ जाती थी। माँ को ऐसा करते देखना श्री रवि को बहुत अच्छा लगता था, वो कहता था, माँ तुम बड़ी अच्छी हो बड़ी प्यारी हो, उसकी माँ सदा सत्य और स्पस्ट बोलती थी जब बोलती थी सामने वाले पर भाषा का असर साफ़ दिखता था, थी अनपढ़ पर व्यवहार में पी. एच.डी. लगती थी। कहने का मतलब बहुत व्यवहार कुशल थी, उनकी माँ कुशाग्र बुद्धि व्यवहार कुशलता श्री रवि की माँ बाप से विरासत के समान थी।

श्री रवि ने फर्स्ट ईयर में दुसरे सेमेस्टर में भी सर्वाधिक अंक पाकर, पहले साल लॉ के पांच वर्षीय पाठ्यक्रम में प्रथम स्थान पाया। उनके हर वर्ष का रिजल्ट इसी प्रकार आता था, फर्स्ट ईयर, सेकंड ईयर हर ईयर में प्रति वर्ष रिजल्ट डिकलेयर होता था, फैनल ईयर में मार्क्स और पहले चार वर्षों का वेटर एबरेज निकाल कर फ़ाइनल के मार्क्स में जोड़कर, फ़ाइनल ईयर में BA LLB का रिजल्ट दिया जाता था।

फर्स्ट ईयर के बाद प्रथम स्थान रिजल्ट के साथ श्री रवि ने अपने शहर और अपने गांव में छुट्टीयों में गया, उसके LLB करके जज बनने के सपने की वास्तविकता बनने लगी, उसे पूरा विश्वास था, वह जुडिसियरी की कॉम्पटीशन अवश्य जीतेगा और अवश्य ही जज बनकर न्याय पथ पर चलते हुये अपने नेशन की हर संभव ईमानदारी, सच्चाई और कर्तव्य निर्वाह करेगा।

श्री रवि का सैकिंड ईयर LLB का सेशन शुरू हो गया और वो फिर से लगन के साथ अपनी पढाई में तल्लीन हो गया, उसका लक्ष्य इस वर्ष भी प्रथम स्थान पाना और जज बनने की दिशा में एक और कदम बढ़ने जैसा था। अबकी बार पढाई के साथ, श्री रवि लाईब्रेरी में लॉ की किताबों के साथ, जुडिसयरी से जुड़े जनरल और अन्य रीडिंग मैगजीन आदि पढ़ने लगा और समय निकाल कर ज्यूडिसरी से रिलेटिंग कानून की व्याख्याएं आदि रिसर्च नोट बनाने लगा, जो लॉ जगत में सर्कुलेट होते जनरल

मैगजीन आदि में पब्लिश भी होने लगे उसे टोकन परितोषिक भी मिलने लगे।

श्री रवि ने इसी तरह चलते चलते सेकंड ईयर और थर्ड ईयर भी प्रथम स्थान सर्वोच्च मार्क्स से पास कर लिये। न्याय पथ पर अपने सपने को साकार करने की दिशा और कुछ कदम बढ़ा। श्री रवि के सहपाठी अपने धारणा में मान चुके थे श्री रवि यह पांच वर्षीय LLB कोर्स पथम स्थान के साथ पास करेगा, हो सकता है वे नेशन के लॉ कॉलेज इंस्टिट्यूट / यूनिवर्सिटी में सबसे ज्यादा विशेष योग्यता से पास करे, उसका जज बनने के 100% चांस है। वो न्याय जगत का चमकने वाला सितारा होगा। प्री फ़ाइनल मतलब LLB के 4 ईयर में अब श्री रवि, MOOT COURT में भी श्री रवि की सराहना की गयी।

श्री रवि अब 4 ईयर LLB पास कर चुके थे वो भी प्रथम स्थान से, और आ गया था फ़ाइनल ईयर बस अब उनका LLB का सफ़र पूरा होने को है और फाइनल ईयर LLB के सभी स्टूडेंट्स मन लगा कर पढ़ते रहे। और अनंताय फ़ाइनल ईयर का फ़ाइनल सेमेस्टर परीक्षा आ ही गयी।

LLB की फ़ाइनल एग्जाम देकर सब स्टूडेंट्स अपने-2 घर चले गये। श्री रवि घर जाने के लिए निकल ही रहे की उन्हें अपने पिता अजीत सिंह का आकस्मिक निधन का दुखद समाचार मिला। उनके पिता का असमय मृत्यु हो जाना उसके परिवार पर ब्रजपात के समान हो गया। श्री रवि घर पहुंचे पिता का अंतिम संस्कार किया, पूरा गांव अजीत सिंह की अकस्मात निधन से क्षुब्ध रह गया, पूरा

गांव हिन्दू मुसलमान सभी जाती और धर्म के लोग शोक में डूबे हुये थे। सभी यह भी कहते पाये गए, श्री अजीत सिंह हमारे गांव के मसीहा थे और वे अपने पुत्र श्री रवि को देश का सबसे बड़ा जज बनता हुआ देखने की इक्छा रखते थे। पेड़ तो तैयार कर दिया फल नहीं देख पाये। श्री रवि के परिवार खासकर उनकी माँ रजनी पर ये भगवान कोप बरसा था।

उनकी माँ रजनी ने संभल कर अपने पुत्र श्री रवि से कहा।

रजनी - बेटा श्री रवि तुम्हे अपने पिताजी को दिया वचन पूरा करना होगा

श्री रवि - हाँ माँ

रजनी - अंत समय तुम्हे देखना चाहते थे वो

श्री रवि - मेरा अभाग्य है

चाचा - बेटा यहाँ की चिंता मत करना तुम्हे देश के सबसे बड़े जज तक जाना है

श्री रवि - चाचाजी मैं भी यही चाहता हूँ, कसर नहीं छोड़ूगा

रजनी - श्री रवि, तुम अपने ईमानदारी और सत्य के मार्ग से कभी विचलित नहीं होना

श्री रवि - मैं इसके लिए कटिबद्ध हूँ

चाचा - ईमानदारी और सच्चाई का मार्ग बहुत कठिन है

मित्र सुरेन्द्र - भाई श्री रवि हमें आपकी काविलियत और नियत पर पूरा विश्वास है

भगवान दास - श्री रवि पिता का साया जल्दी उठ गया, अब माँ है, हम हैं सब है

राजपाल - श्री रवि ऐसा सूर्य है जो चमकीला ही रहेगा, सच्चाई का प्रतीक

नाथीराम - रजनी के ओर देखकर अम्माजी आप जैसी माँ है श्री रवि को ये अपने न्यायपथ पर अग्रसर रहेगा

ग्रामीण - श्री रवि बेटा अजीत सिंह का नाम रोशन करना बेटा, तुझ से पूरे गांव को बहुत आशायें है

और इस प्रकार अनेकों ने श्री रवि को सांत्वना दी और उसके उज्जवल भविष्य की कामनाएं की

श्री रवि कुछ दिन गांव में रहे, लोगो से मिलते रहे परिवारिक रिचुअल पूरे किये, जमीन जायदाद से सम्बंधित कार्य पूरा किये और अपने पिताजी के नाम से गांव के कालिज में दो कमरे बनवाने का निश्चय किया, उनकी माँ रजनी ने उससे कहा,

रजनी - तुम्हारा LLB का रिजल्ट कब आना है

श्री रवि - जल्दी ही आयेगा

चाचा - यहाँ की चिंता नहीं लक्ष्य पर ध्यान दो

श्री रवि - मैं अपने लक्ष्य पर अडिग हूँ, मुझे जज ही बनना है, जज ही बनूँगा

रजनी - हाँ यही करना है यही पाना है

माँ - नौकरी के लिये नहीं देश के लिये

चाचा रविशंकर - हमारा श्री रवि जज बनेगा देश का सबसे बड़ा सच्चा और अच्छा

श्री रवि - जिसके साथ सारा परिवार, सारा गांव है उसे कौन रोक सकता है

पिता के मित्र - बेटा श्री रवि, अजीत की आखरी इक्छा थी तुझे जज बनते देखना

श्री रवि - ताऊजी आपका विश्वास है मुझमे

जहूर अहमद - अल्ला के बाद अजीत पर था अब तुम पर है भरोसा

गांव का 36 कौम तुम्हारे साथ है, सबकी दुआएँ तुझे मिल रही है, मिलती रहेगी

सुलेमान - श्री रवि, भाई देश में न्याय की लाइन में सुधार चाहिये

प्रेमपाल - श्री रवि एक इमानदार जज, सौ से ज्यादा पर भारी, एक सच्चाई, सौ झूठ को तोड़ती है

श्री रवि - मैं आप लोगों के जज्वातो की कद्र करता हूँ मानता हूँ

सभी एक स्वर - यही तो तुमसे उम्मीद है, हमारे गांव के हर बासिन्दे को, हमको भी

श्री रवि - सभी को धन्यवाद

सभी एक साथ - भगवान आपको सफल बनाये, खूब तरक्की करो

कहानी किसी की तो है

L.L.B

में

प्रथम स्थान

दीक्षान्त समारोह

ये कहानी है चीफ जस्टिस ऑफ नेशन

श्री रवि की

जगनन्दन त्यागी

अध्याय - ५

L.L.B में प्रथम स्थान दीक्षान्त समारोह

आज LLB Final Year का डिग्री वितरण समारोह है Institute of Law, Jeelan के मुख्य अतिथि हैं उपराष्ट्रपति महोदय रामगोपाल श्रीवास्तव कनवोकेशन हाल भरा है स्टूडेंट्स से अतिथियों से फर्स्ट ईयर से 4th year के student का रिजल्ट भी डिक्लेयर होना है। हर वर्ष के टॉपर का नाम भी अनाउंस होना है। इस वर्ष कन्वोकेशन में श्री रवि का फ़ाइनल ईयर LLB की कानून की डिग्री मिलनी है। श्री रवि LLB कर चुके हैं, उन्हें अपने लक्ष्य/उद्देश्य की प्रथम सीढी पार कर ली है।

Jeelan के Law College में गहमा गहमी, चारो ओर LLB फर्स्ट ईयर से लेकर फ़ाइनल ईयर तक के स्टूडेंट ही स्टूडें दिखाई पड़ रही है। दीक्षान्त समारोह की तैयारी लगभग पूरी हो चुकी है, सभी उत्साह से भरे हैं। Law College (Institute) of Jeelan, देश का माना हुआ टॉप कालेज में 5 Best Collage में माना जाता है। यहाँ का रिजल्ट 100% रहता है। कुछ अपवादों को छोड़ कर सभी कम से कम फर्स्ट डिविजन पाते हैं। यहाँ से निकले स्टूडेंट्स का ट्रैक रिकार्ड बहुत ही अच्छा रहा है। देश के माने जाने, एडवोकेट और अनेको जज, जस्टिस यहाँ से पढ़ कर डिग्री ली है।

इस दीक्षान्त समारोह के मुख्य अतिथि है नेशन देश के उपराष्ट्रपति महोदय, डा. श्री रामगोपाल श्रीवास्तव, जिनका राजनीति जीवन सच्चाई एवं सदभावों से भरा रहा है, इन्होने लॉ में पी.एच.डी में किया था और राजनीति में आने से पहले Jeelan में पांच-छः वर्ष Jeelan Highcourt में लॉ की प्रैक्टिस करने के बाद राजनीति में आए, विधायाक, संसद सदस्य, स्टेट मंत्री, कैबिनेट मंत्री रहे हैं। उनका राजनैतिक कैरियर काफी साफ़-सुथरा रहा है और उन्होंने देश के विकास में अपना भरपूर योगदान दिया, अबकी बार उन्हें राष्ट्र के उपराष्ट्रपति पद पर आसीन किया गया है, उन्हें निर्बिरोध उपराष्ट्रपति चुने जाने का गौरव प्राप्त है। आज के दीक्षान्त समारोह में डा. रामगोपाल श्रीवास्तव जी का होना, Law Institute Jeelan के लिए गौरव की बात है। दीक्षान्त समारोह आरम्भ होने से पहले, फ़ाइनल ईयर के स्टूडेंट आपस में डिस्कस कर रहे हैं-

श्री रवि - डा. रामगोपाल श्रीवास्तव जी हमारे माननीय उपराष्ट्रपति हमारे दीक्षान्त समारोह में आ रहे हैं मुख्य अतिथि बनकर, हमारे लिए गौरव की बात है।

रवि नारंग - गर्व की बात है।

श्री रवि -वो एक ईमानदार और कर्तव्य निष्ट व्यक्ति के रूप में जाने जाते हैं।

गौरव सेठ - हमारा सौभाग्य है आज वो हमारे बीच आ रहे हैं।

श्री रवि - Law की दुनिया में उनका बहुत नाम है।

रवि नारंग - उन्हें तो हमारे देश का अगला राष्ट्रपति बनना चाहिए।

श्री रवि - यह तो हमारे देश के राजनीतिज्ञों को सोचना होगा।

गोपाल जुस्ती - श्री रवि तुम बताओ क्या डा. रामगोपाल जी अगले राष्ट्रपति नहीं बनने चाहिए।

श्री रवि - अवश्य, देश का सौभाग्य होगा हम आशा करते हैं।

गोपाल जुस्ती - मेरा वोट रामगोपाल जी को

इसी प्रकार बाते होती रही और कुछ समय उपरांत विश्वविध्यालय के उपकुलपति माननीय गिरिराज सोलवाल ने उपराष्ट्रपति डा. रामगोपाल श्रीवास्तव एवं Law Institute of Jeelan के प्रधानाचार्य श्री जी. एस. राजा के साथ, मंच पर आये। मंच पर आते ही उनके सम्मान में सभी अपनी सीट से खड़े हो गये, तीनो के मंच पर, बैठने के कुछ ही देर में LCJ के प्रधानाचार्य श्री जी. एस. राजा ने अपने माननीय उपकुलपति श्री गिरिराज सोलवाले और माननीय राष्ट्रपति महोदय डा. रामगोपाल श्रीवास्तव जी का स्वागत अभिनन्दन किया। उपकुलपति माननीय श्री गिरिराज सोलवाले ने अपना संक्षिप्त भाषण दिया जीसमे इंस्टिटट्यूट की उपलब्धियां और क्वालिटी एजुकेशन की बातें की, उसके उपरांत, उन्होंने प्रिंसिपल महोदय जी. एस. राजा से लॉ इंस्टिटट्यूट के प्रथम वर्ष से चतुर्थ वर्ष तक की, प्रथम स्थान पाने वाले स्टूडेंट और रिजल्ट परसेंटेज अनाउंस करने के लिये, मुख्य अतिथि की सहमती लेकर कहा। प्रिंसिपल महोदय ने संबोधन करते हुए बताया उनके इंस्टिटट्यूट का प्रत्येक वर्ष का रिजल्ट 100%

रहा है। पहले वर्षो की तरह और उन्होंने फिर Year Wise अनाउंस किया।

दीपा मुखर्जी - प्रथम प्रथम वर्ष

तक्ष त्यागी - प्रथम द्वितीय वर्ष

आर एस गोपी - प्रथम तृतीय वर्ष

आर आर बोल बोले - प्रथम चतुर्थ वर्ष

चारो वर्ष का रिजल्ट - १००% रहा है।

अब वारी थी LLB Final Year की

यहाँ ये बताना आवश्यक है इंस्टिट्यूट से श्री रवि के घर उसके पिता एवं माँ के नाम दीक्षान्त समारोह में निमंत्रण गया था। पिताजी वो नहीं, हाँ उसकी माँ रजनी एवं उसके मामाजी श्री रामहरि दीक्षान्त समारोह जिसमे श्री रवि को BA LLB की फ़ाइनल डिग्री मिलने वाली थी आए हुए और माननीय अतिथियों के डिमार्क किये हुए स्थान में प्रथम लाइन में बैठे हुये थे।

प्रधानाचार्य श्री जी.एस. राजा ने अब उपकुलपति महोदय से आग्रह किया, श्रीमान कृपया कर दीक्षान्त समारोह के मुख्य अतिथि उपराष्ट्रपति डा. रामगोपाल श्रीवास्तव जी के ओर देखते हुए अब LLB फ़ाइनल की डिग्री विवरण के लिए आप उन्हें आमंत्रित करें। उपकुलपति श्री गिरिराज सोलवाले, खड़े हुये और सम्मान का प्रदर्शन करते हुये उपराष्ट्रपति डा. रामगोपाल श्रीवास्तव जी को आमंत्रित किया।

मुख्य अतिथि उपराष्ट्रपति डा. रामगोपाल सोलवाले खड़े हुये और इस भव्य समारोह में उन्हें चीफ गेस्ट के रूप में निमंत्रित करने का आभार जताया और फिर संक्षिप्त संबोधन में इंस्टिट्यूट के विषय में देश में कानून व न्याय व्यवस्थाओ में आने वाले नयी जनरेशन के लिए कर्तव्य पथ और न्याय सच्चाई एवं अच्छाई के साथ चलने की प्रेरणा दी। संक्षिप्त एवं सटीक संबोधन को सबने सुना, सबने सराहा, और अब BA LLB की फ़ाइनल डिग्री का वितरण आरम्भ समय हो गया, पूरा खचाखच भरा, कन्वेंशन हाल, उत्सुकता और हर्ष लिये, जानने को बेताब, कि वो कौन होगा जिसे आज उपराष्ट्रपति के हाथ प्रथम स्थान की प्रथम डिग्री मिलने वाली है।

नाम पुकारा गया। स्टेज पर आए प्रथम स्थान श्री रवि

श्री रवि का नाम अनाउंस होते ही सारा हाल तालियों से गड-गड़ा उठा, पूरे कालेज के स्टूडेंट पुकार उठे श्री रवि श्री रवि श्री रवि श्री रवि

स्टेज पर पहुंचे और मान एवं आदर का प्रदर्शन कहते हुये, स्टेज पर उपराष्ट्रपति डा. श्री रामगोपाल श्रीवास्तव जी के कर कमलों द्वारा अपनी प्रथम स्थान के साथ BA LLB की डिग्री लेकर स्टेज पर तीनों महानुभावों के चरण स्पर्श किया, आशीर्वाद लेकर स्टेज पर ही हाल को संबोधित करते हुये, सबको धन्यवाद कहा।

उसके बाद डिग्री वितरण पूरा हुआ, अंत में उपराष्ट्रपति महोदय ने श्री रवि को विशेष रूप से अपने पास बुलाया,

जिन्हें बताया गया था। श्री रवि सदैव क्लास में, प्रथम स्थान पाकर पास होते आये हैं एवं अपने नम्र सच्चे अच्छे व्यवहार के लिये जाने जाते रहे हैं। दीक्षान्त समारोह में श्री रवि की माँ रजनी देवी भी निमंत्रित की गयी, और वो अपने भाई रामहरि के साथ आयी हुयी है। उपराष्ट्रपति महोदय ने उन्हें भी श्री रवि के पास बुलाया, जब तीनो श्री रवि उसकी माँ रजनी देवी, मामाजी रामहरि, उनके पास स्टेज पर पहुंचे और स्टेज पर उपस्थित उपराष्ट्रपति का अभिनन्दन किया।

उपराष्ट्रपति महोदय उनके ओर देख कर उनका अभिनन्दन करने उपरांत श्री रवि की माँ रजनी देवी के ओर देखकर बोले -

डा. रामगोपाल श्रीवास्तव, उपराष्ट्रपति - आपका बेटा बड़ा होनहार है आप सोभाग्यावती है ऐसा पुत्र है आपका।

रजनी - ईश्वर की कृपा है।

उपराष्ट्रपति - संस्कार और चरित्र माँ बनाती है, आप धन्य हैं।

रजनी देवी - मैं इस मामले में धन्य भाग्यशाली हूँ मुझे ऐसा पुत्र मिला।

उपराष्ट्रपति - आपके पुत्र ने सबसे प्रथम स्थान पाकर लॉ डिग्री पायी है।

गिरिराज सोलवाले - श्री रवि मेघावी छात्र ही नहीं अपितु आरम्भ से अबतक सदा प्रथम ही रहे हैं।

एच.एस राजा - अच्छे छात्र अच्छे वक्ता ईमानदार और सचरित्र नवयुवक होने का कीर्तिमान पाया है। हम उनके उज्जवल भविष्य की कामना करते हैं।

श्री रवि उसके मामाजी श्री राम हरि और माँ रजनी देवी, ये वार्तालाव एवं उपराष्ट्रपति, उपकुलपति, प्रिंसिपल महोदय के उद्गार एवं कथन सुनकर, स्टेज पर ये कन्वेंशन हाल भी उपस्थित श्रोतागण, कालेज स्टूडेंट्स के सामने अपने आपको गौवान्वित समझ रहे थे।

डा. रामगोपाल श्रीवास्तव ने अंत में श्री रवि से पूछा बेटा आप क्या बनना चाहोगे और भविष्य के विषय में क्या सम्भावनाये अपने लिए देखते हो। अब तक आपने अपने आप क सिद्ध किया है। देश के सुदूर, सुविधाओं की कमी वाले गांव से यहाँ तक पहुँच कर पूरे नेशन देश में 5 वर्षीय BA LLB कोर्स में प्रथम स्थान पाकर दिखा दिया है कि तुम केवल मेघावी ही नहीं सुद्दित कार्य निष्ठा एवं चहुँ मुखी विधा के धुरंदर धनुषधारी हो, हम आपमें आज का अर्जुन ही नहीं अपितु एक शिल्पकार देखते हैं।

आप हमे बताये आप अपने भविष्य में क्या करने जा रहे हो।

श्री रवि ने प्रसन्नचित, शान्त मन और बड़े विश्वास से कहा मान्यवर मैं एक ईमानदार कर्तव्यनिष्ठ, निर्मल, किसी लालच या प्रलोभनों में न आने वाला सच्चाई और न्याय रक्षक बनना चाहता हूँ। मैं एक जज बनने का सपना सँजोए चल रहा हूँ। मुझे न्याय रक्षक, बनकर न्याय मार्ग

पथ पर चलते हुए नेशन देश, न्याय जनक्रांति पर चलना है और मुझे अपने आप पर विश्वास है मैं किसी भी वाधा से विचलित, भ्रमित, डर, भय से जीतते हुए न्याय मित्र के रूप में कार्य करना है। मैं यह भी आशा है, और अधिक और न्यायोचित निर्मल जज अवश्य बनूँगा और अपने देश नेशन की तन मन से सेवा करूँगा।

उपराष्ट्रपति डा. श्री रामगोपाल श्रीवास्तव ने श्री रवि से कहा अति उत्तम, ईश्वर आपको सफलता दे। इतना कहते ही ऐसा सुनते ही श्री रवि ने एक वार फिर, मन पर उपस्थित उनका चरण स्पर्श किया, देश की परंपरा और आदर के प्रतिक आचरण था ये।

कन्वोकेशन एक बार फिर तालियों से गूंज उठा, समारोह का अंत हुआ और श्री रवि मानो अपने अपने सपने के और करीब चल दिये। अब श्री रवि कानून की डिग्री पाकर, कानून और न्याय के प्रहरी बनने को पूर्णतय: तैयार हो गये थे।

उसके मामाजी और माँ एक दिन बाद जिला से अपने गांव जाने के लिये सोच रहे थे। उन्होंने श्री रवि से कहा-

मामाजी - बेटा श्री रवि तुमने अपने माता पिता का नाम रोशन किया है। हमारा भी जो सपना आपके लिये था सफल होता दिख रहा है।

श्री रवि - मामाजी इसमे आपका भी बहुत ज्यादा योगदान है मैं ऋणी हूँ आपका।

रजनी माँ - भाई रामहरि, तुम साथ ना देते तो यह शायद संभव न होता।

श्री रवि - माँ सही कह रही है।

मामाजी - बहन के बच्चे अपने जैसे होते हैं। तुम हमारी सगी बहन हो।

श्री रवि - माँ, मामाजी मैं आप सबका आभारी हूँ।

रजनी माँ - श्री रवि अब हमें घर जाना है।

मामाजी रामहरि - मुझे अपने भांजे पर विशेष गर्व है।

उसी समय श्री रवि के कुल सहपाठी मित्र कुछ उसके जूनियर क्लास के स्टूडेंट श्री रवि से मिलने आ गए उनमे से एक बोला श्री रवि हम सबने मिलकर यह तय किया परसों शनिवार को आप और आपके मामा जी एवं मामा जी का सम्मान समारोह कर रहे और डीनर भी रखा है। सहपाठी मिस्टर नारंग ने कहा ये हमारे के लिए सौभाग्य की बात होगी, की हम श्री रवि उसके मामा जी एवं माँ के सम्मान में स्टूडेंट एक सम्मान समारोह रख पाए, श्री रवि से प्रेरणा और माँ, मामाजी से आशिर्वाद। इसी तरह सब अपने विभिन्नता से बात करते हुये, आखिर में, माँ और मामाजी का घर जाने का प्रोग्राम दो दिन पीछे हो गया। माँ, मामाजी और श्री रवि ने आग्रह स्वीकार कर लिया।

शनिवार एक दो दिन बाद था अतः श्री रवि ने जिलान के हाई कोर्ट के अधिवक्ता श्री एम. एस. रमन्ना से जाने से पहले उनसे मिल लेने की सोची, श्री रमन्ना हाई कोर्ट

के प्रसिद्ध अधिवक्ता थे और शहर में उनका नव था, वो श्री रवि के लोकल गरजिन भी थे। शहर से बहार होने के कारण वो दीक्षान्त समारोह में नहीं आ सके थे।

श्री रवि अक्सर उनसे मिलते रहते थे, क्योकि उनकी छवि एक ईमानदार और सचाई पर चलने वाले अधिवक्ता की थी अतः श्री रवि उनसे प्रभावित थे। वृहस्पतिवार को उनसे समय मिला और श्री एस एम रमन्ना जी ने श्री रवि उसके मामाजी और माँ को डिनर पर आमंत्रित किया, जो उन्होंने स्वीकार कर लिया और शाम को निर्धारित समय पर उनसके आवास पर पहुँच गये। श्री रमन्ना और उनकी पत्नी भाग्य लक्ष्मी ने श्री रवि उसके मामाजी और मा का मन से स्वागत किया। उन्होंने श्री रवि को Congratulate किया माँ मामाजी का सम्मान किया और अनिको वाते करते-2 डिनर हो गया।

श्री एस एम रमन्ना ने श्री रवि के जज बनकर न्याय पथ पर ईमानदारी और सच्चाई पर चलने की संकल्प साधना का उनके जज्बे को सराहा और कभी भी किसी तरह की सहायता जो वो कर सकते हैं का आश्वासन दिया।

श्री एस. एम. रमन्ना - श्री रवि बढ़ाई के साथ-साथ तुम हमारी शाबाशी के हक़दार हो।

श्री रवि - सर आप मेरे प्रेरणा स्रोत हैं।

श्री एस. एम. रमन्ना - रजनी जी आपका बेटा बड़ा होनहार है, दृढ़ निश्चयी है।

रजनी - रमन्ना जी, आप का धन्यवाद मेरे बेटे को प्रेरणा के लिये।

श्री एस. एम. रमन्ना - यह है ही काबिल।

रामहरि - रमन्ना जी आप श्री रवि के मार्ग दर्शक हो सकते हैं।

श्री रवि - मामाजी रमन्ना सर यहाँ के हाई कोर्ट में सबसे बड़े अधिवक्ता माने जाते हैं।

मामाजी - अच्छी बात है, अच्छी प्रेरणा है।

भाग्यलक्ष्मी - जैसा सुना वैसा देखा, श्री रवि स्वयं तो खास है ही इनके माँ को नतमस्तक होती हूँ।

रजनी - भाग्यलक्ष्मी जी आपका योगदान श्री रमन्ना जी की सफलता में बराबर का माना जायेगा।

श्री एस. एम. रमन्ना - मैं भाग्यलक्ष्मी को पाकर धन्यभाग्य हूँ।

भाग्यलक्ष्मी - ऐसा क्या।

श्री एस. एम. रमन्ना - हाँ जी सच है यह।

श्री रवि - सर सच कह रहे हैं।

इस प्रकार की अनेक औपचारिक बाते करते हुये, श्री रवि, उनकी माँ, मामाजी ने रमन्ना दम्पत्ति से धन्यवाद कह कर बिदा ली, रमन्ना और भाग्यलक्ष्मी उन्हें बाहर तक छोड़ने आये। सब प्रसन्नचित ही दिख रहे थे। अगले दिन श्री रवि ने अपने माँ और मामाजी को जिलान का भ्रमण कराया, हाई कोर्ट भी दिखाया और शनिवार के उनके सम्मान समारोह के बाद रविवार को तीनो के यहाँ से अपने घर जाने के लिये राजधानी के तीन एयर टिकट बुक करा लिये।

श्री रवि के सामने से जिलान की सबसे बड़ी लॉ फार्म संत लीगल की ओर से इंटरव्यू कॉल आ गया जो रविवार को जिस दिन उनके राजधानी जाने के टिकट बुक किये थे। श्री रवि का जाना स्थगित और माँ एवं मामाजी दोनों चले जाएँगे निश्चित कर श्री रवि ने संत लीगल सर्विस फर्म में इंटरव्यू देना देना तय कर लिया। अगले दिन श्री रवि के स्वागत सम्मान समारोह का आयोजन हुआ जिसका आयोजन, Law College of Jeelan और स्टूडेंट्स ने मिल कर किया, जिसमे सभी स्टूडेंट्स और कॉलेज का स्टाफ, प्रिंसिपल जी.एस. राजा भी सम्मलित हुये।

तय समय पर स्वागत सम्मान समारोह आरम्भ हुआ, डिनर से पहले श्री रवि का स्वागत किया गया और उसके सम्मान में उसके सहपाठियों और कुछ जूनियर क्लासेस के प्रिय छात्रों तथा कॉलेज के कुछ प्रोफेसर्स एवं प्रिंसिपल ने अपने विचार व्यक्त किये। श्री रवि के लिये अपने-2 उद्गार प्रस्तुत किये-

जी.एस. राजा प्रिंसिपल - श्री रवि हमारे बहुत अच्छे छात्र रहे हैं, हम उनके उज्जवल भविष्य की कामना करते हैं।

श्री एस रंजन प्रोफेसर - अपनी ३० वर्ष के टीचिंग प्रोफेशन में श्री रवि जैसा स्टूडेंट नहीं मिला।

रविन्द्रन - श्री रवि तुम कानून और न्याय के क्षेत्र के सितारे ही नहीं अपितु सूरज बनने वाले हो।

श्री करणी दास - श्री रवि का रिकार्ड कौन तोड़ेगा पता नहीं, मेरा इनके सपने को नमन।

नारंग सहपाठी - मेरा दोस्त एक दिन देश का चीफ जस्टिस जरुर बनने वाला है।

शिव सहपाठी - अरे इसने तो रिकार्ड बना दिया, कोई बिरला ही होगा तोड़ पायेगा।

राकेश सेठा सहपाठी - दो तीन वकालत जरुर कर लेना, कोर्ट में काम आयेगी।

साकेत बंसल सहपाठी - ये जो करेगा दी बेस्ट होगा।

रानू जूनियर - हमारे आदर्श रहेंगे श्री रवि।

मायल दोषी जूनियर - मेरे तो रोल माडल है श्री रवि।

प्रकाश राजू - श्री रवि हम हम सबके रोल माडल होने चाहिये।

न्याय और कानून, कानून और न्याय के प्रहरी होंगे श्री रवि।

शंकर - श्री रवि हम आपसे मार्गदर्शन लेते रहेंगे, आप हमारे सलाहकार ही नहीं गाइड भी रहेंगे।

इस प्रकार के वार्तालाप में सबसे बाद में श्री रवि ने सबका धयवाद किया और डिनर के बाद, सम्मान स्वागत समारोह श्री रवि का समाप्त हो गया।

अगले दिन निर्धारित समय पर श्री रवि का संत लीगल सर्विस में इंटरव्यू हुआ, यह फर्म कॉर्पोरेट लॉ में जिलान की टॉप फर्म थी। श्री रवि ने इंटरव्यू दिया उसके विचार उत्कृष्टता को देखकर, फर्म ने उन्हें अपॉइंटमेंट अपने इस

इंटरव्यू के सलेक्सन में टॉप पर रखा। श्री रवि की यह मंजिल नहीं थी।

श्री रवि अगले दिन अपने राजधानी के लिये टिकट लेकर, जिलान एअरपोर्ट को निकले।

कहानी किसी की तो है

श्री रवि की माँ

का अकस्मात

निधन

अजिरज मैमोरियल

ट्रस्ट का गठन

ये कहानी है चीफ जस्टिस ऑफ नेशन

श्री रवि की

जगनन्दन त्यागी

अध्याय - ६

श्री रवि की माँ का अकस्मात निधन, अजिरज मैमोरियल ट्रस्ट का गठन

श्री रवि को अपनी माँ के सड़क दुर्घटना में गंभीर रूप से घायल होने की खबर मिली, पिता जी को खो ही चुके थे, उन्हें माँ के जीवन की चिंता सताने लगी। अपने को संभाला और कहा, मेरी माँ को तुरंत सिटी हॉस्पिटल में एडमिट कराये, मैं फ्लाइट के लिए एअरपोर्ट के लिये निकल चुका हूँ, जल्दी ही सिटी हॉस्पिटल पहुचुंगा, माँ के ट्रीटमेंट में कोई कमी नहीं रहनी चाहिए। यह फोन उन्हें उस समय आया जबकि वो एअरपोर्ट के लिये निकल चुके थे। उनकी फ्लाइट टाइम पर गयी, राजधानी एअरपोर्ट से वो सीधे सिटी हॉस्पिटल के लिये रवाना हो गयें। रास्ते में उन्हें तरह-2 के विचार आ रहे थे। माँ को कुछ होगा तो नहीं, अगर उनका साया उठ गया तो क्या होगा, पिता तो उस समय चले गए जब मेरा एडमिशन एलएलबी में हुआ था, उन्होंने तो केवल मुझे रास्ते पर लाकर, स्वयं सदा न लौटने का कहकर चले गए। ये माँ ही तो जिसने पिताजी के दिखाए रास्ते पर चलकर मंजिल के पास पहुंचा पायी है। उन्हें कुछ नहीं होना चाहिए मेरी माँ की ईश्वर रक्षा करे।

श्री रवि सिटी हॉस्पिटल पहुंचे, उन्हें बताया गया उनकी माँ रजनी बचान, ICU में है और उनकी कंडीशन क्रिटिकल बनी हुयी है। श्री रवि डा. के. ले. राव मेडिकल Superitendent जिनकी देख रेख में उनकी माँ का इलाज हो रहा था से अपनी माँ की बात हुयी, डाक्टर ने बताया उनका हर संभव इलाज किया जा रहा, आपरेशन हो चुका है, अभी ICU में कुछ कहा नहीं जा सकता वो और उनकी टीम सघनता से लगे हैं। 24 घंटे आवजर्वेशन में है अभी होश नहीं आया है।

सब कुछ जो उनकी माँ रजनी बचान, के लिये किया जा सकता किया गया, पर होनी होकर रहती है, उनकी माँ का निधन हो गया उन्हें बचाया नहीं जा सका। परिवार के नाम पर एक माँ ही तो बची थी, उनके पिता एवं ताऊ जी का निधन तो पहले ही हो चुका था।

माँ का अंतिम संस्कार गांव में ही ले जाकर किया गया, उनकी माँ ही थी जो, जमीन, बाग, जर्मींदारी आदि की देख रेख कराती थी, जायदाद काफी ज्यादा थी, अब कौन संभालेगा यह चिंता थी, श्री रवि के मन में। श्री रवि ने अपनी माँ का अंतिम संस्कार के बाद अपने गांव वालों के साथ सारे रिचुअल पूरे किये। अब पूरा गांव उनका अपना था, उनके साथ था, नहीं था उनका परिवार अपने पूरे परिवार में केवल वही थे और उनका सपना था, जूडीसियरी में जाना, उसमे चेंज करना जिससे न्याय मार्ग पर चलकर न्याय पिता बनकर सच्चा और अच्छा न्याय सबको मिले। उनका उद्देश्य प्राप्त करना उनका लक्ष्य की डगर आसान नहीं थी, और अब उन्हे फैसला लेना था।

श्री रवि के परम मित्र भगवान दास रवि के मामाजी रामहरि, ममेरे भाई श्रवन तथा उनके पिता अजीत सिंह के साथी और परम मित्र जहूर अहमद, पांचो मिलकर आगे क्या, पर विचार विमर्श कर रहे थे। श्री रवि अपने लक्ष्य के प्रति कटिबद्ध थे। उन्होंने चुना अपने लिये न्याय मार्ग और पांचो की राय से श्री रवि ने अजिरज मैमोरियल एजुकेशन ट्रस्ट बना दिया, जो उनके अपने गांव और आस-पास के गांवो में एजुकेशन के लिये स्कूल, कॉलेज, बनाये और उन्हें चलायेगा, श्री रवि ने अपने मित्र श्री भगवान दास को इस ट्रस्ट का चीफ ट्रस्टी और श्रवन एवं जहूर अहमद को ट्रस्टी बनाया।

इतना बड़ा त्याग, इतना बड़ा कार्य करने से श्री रवि को पूरे गांव में भूरी भूरी प्रशंसा हो रही थी।

अजीरज मैमोरियल ट्रस्ट चल पड़ा, गांव और आसपास के गांवों में एजुकेशन एवं विकास के लिए, अपनी जरनी पर और श्री रवि ने चुन लिया और प्रयासरत हो गया अपनी न्याय मार्ग पथ की जरनी पर।

ट्रस्ट बनाने, प्रॉपर्टी ट्रान्सफर करने, हैण्ड ओवर करने जो समय लगा, वो लगा और अब श्री रवि बचान, अपने माँ, पिताजी को श्रदांजलि देकर बढ़ गया न्यायपथ पर ईमानदारी और सच्चाई साथ लेकर।

श्री रवि ने अजीरज मेमोरिअल ट्रस्ट बनाकर बहुत शान्त और संतृप्त दिख रहे थे। उन्होंने अपने गांव और गांवों के आस पास के गांवों के विकास के लिए ट्रस्ट जो

बनाया था, उसके चीफ ट्रस्टी अपने मित्र और विश्वास प्राप्त भगवान दास की पूर्ण सपोर्ट मिली थी। गांव के गणमान्य व्यक्ति जहूर अहमद, मामाजी श्री रामहरि और ममेरे भाई श्रवन पर भी पूरा विश्वास था की वे ट्रस्ट को अच्छे से चलाएंगे भी, और एजुकेशन डेवलपमेंट में भी योगदान देंगे।

अब उनके लक्ष्य में उन्हें कोई रुकावट नहीं आयेगी। न्यायलय का प्रहरी आस्वत था और अपना उद्देश्य एवं लक्ष्य, न्याय जगत में न्याय क्रांति का उद्घोष करने के लिये श्री रवि .....

कहानी किसी की तो है

श्री रवि की
पहली पोस्टिंग

ये कहानी है चीफ जस्टिस ऑफ नेशन
श्री रवि की

जगनन्दन त्यागी

अध्याय - ७

श्री रवि की पहली पोस्टिंग

श्री रवि गांव से शहर आ गये, उन्हें अपनी न्याय यात्रा शुरू करनी थी, उसके लिये आवश्यक था LLB के बाद कुछ ट्रेनिंग कानून की, किसी सीनियर अधिवक्ता के साथ रहकर, उसके बाद तो उसे जज बनकर अपनी न्याय यात्रा आरम्भ करने का मार्ग प्रशस्त हो जाना था, उसके बहुत सोच विचार कर, तय किया और श्री एस राम रमन्ना एडवोकेट उन्हें कानून की ट्रेनिंग अपने अंडर में देने के लिये मना लिया, स्वीकृति मिल गई।

श्री रवि ने एक वर्ष जिलान हाई कोर्ट के सीनियर एडवोकेट श्री एस राम रमन्ना के पास इंटर्नशिप की, वो उनकी सच्चाई और ईमानदारी से पहले से ही प्रभावित थे। इस दौरान उसने जुडीसरी के बहुत से केस भी देखे, जहां सच्चे कैसे झूठे बना दिये जाते हैं, झूठ को कैसे सच्चा बना कर केस जीत लिये जाते हैं। न्याय कितना बेवस हो जाता है। महंगा न्याय सब पा नहीं सकते, सस्ता कुछ मिलता नहीं, न्याय पाने में कुछ तो वर्षा इंतजार के साथ चले जाते है, जो भी हो, उसका यह निश्चय की न्याय मार्ग पर ईमानदारी और सच्चाई के साथ चलना है, न्याय हो, न्याय होता हुआ लगे, समय असमय नहीं, मनुष्य अमनुष्य न बन पाए, पक्का होता चला गया।

श्री रवि संत लीगल सर्विस जिलान का कॉरपोररेट लॉ का अपोइन्टमेंट स्वीकार नहीं किया था, उसने ढेरों ऐसे प्रस्ताव नहीं स्वीकारे। PSC के कम्पटीशन में श्री रवि ने पहला स्थान पाया और पूरे स्टेट में देश में उनका नाम ऐसे ही उठा जैसे, पूरे देश में वो LLB में टॉप किये थे।

श्री रवि को नेशन देश के राजधानी प्रान्त में PSC जूडीसयरी में कम्पटीशन में प्रथम आने पर जिला अदालत में अडिशनल डिस्ट्रिक्ट जज का पद भार मिला, जिला अदालत में आगमन पर अच्छी चर्चाओं के साथ उनका सम्मान भी हुआ, स्वागत भी हुआ और उन्होंने अपने लक्ष्य के प्रथम चरण में पर्दापण किया, अब श्री रवि बचान, एडीशनल डिस्ट्रिक्ट जज कानपूर बन गये थे और न्याय के क्षेत्र में एक ईमानदारी और सच्चाई पर चलकर न्याय मार्ग पर बढ़ने वाला प्रहरी मिला।

पदभार संभालते ही उन्हें सामना करना पड़ा अनेकों बाधाओं का, द्वावो का, लालच का, आंतरिक भी बाहर भी। पहली ही पोस्टिंग पहले ही दिन से श्री रवि बचान, एडीशनल डिस्ट्रिक्ट जज, कानपूर ने अपनी योग्यता एवं समर्पित न्याय के लिये स्वच्छ और महसूस होने वाली उपस्थिति दर्ज करा दी। उनके पास पुराने पेंडिंग केसेज, घटने लगे, मुकदमों में शिध्रतम ताबड़तोड़ हियरिंग और न्याय संगत फैसले होने लगे।

श्री रवि ने पद का मान बढ़ा दिया। ये बड़ा ईमानदार, सच्चाई की रक्षा करने वाला निष्पक्ष प्रवृति का जज है। सभी की सुनता है, अपने फैसले करता है। समय का

पाबंद, न्याय को समर्पित जज कानपुर को अब देखने को मिला है। कानपुर सुधर जायेगा। ये तो न्याय सुधारक, न्याय कारक जज है। किसी से डरेगा नहीं, झुकेगा नहीं, बिकेगा नहीं, न्याय के लिए आया न्याय ही करेगा।

बात करने लगे लोग, श्री रवि के न्याय की-

रमाशंकर एडवोकेट - ऐसा ही करता रहा तो कानपुर भयमुक्त हो जायेगा।

रानू मुखिया - वकील साहब ऐसा तेज तरार्र जज पहली बार देख रहे हैं।

रामू पेशकार - जनाव साहब किसी की नहीं मानते।

रामवीर आरोपी अपराधी - हमारा तो कानपुर छूट जायेगा।

हवलदार - कानपूर के अच्छे दिन आ गये।

जया चक्रवर्ती एडवोकेट - भई, जज तो ऐसा ही होना चाहिये।

- अरे भाई थ्रू आउट प्रथम रहा है, PSC टॉपर है।

रामू पेशकार - नये हैं साहब नहीं लगता, गहरे ताजुर्वेकार लगते हैं।

रामू मुखिया - तीस साल की प्रैक्टिस में ऐसा साफ़ सुथरा जज नहीं देखा।

जितेंदर गुप्ता दूसरा वकील - अच्छा है, ऐसे दस पांच जज मिल जाये तो सिस्टम को हिला देंगे, न्याय को पटरी पर लायेंगे।

वितुर चायवाला - सर पूरी कचहरी में श्री रवि, श्री रवि के चर्चे हो रहें हैं। चलते हैं हमें तो चाय बेचनी है। चला जाता है।

मधुकर बालियान - उम्मीद तो अच्छी है जज सहाब से। अगर ऐसे ही रहे तो सिस्टम तो सुधरेगा।

नाथीराम भल्ला - हमारा केस सालो से डेट पर डेट चल रहा था, अब स्पीड पकड़ गया, लगता है रानू जी ये जज decide कर देगा।

गोपी शर्मा (रिटायर्ड प्रिंसिपल) - केस लम्बे चलते हैं, महंगे हो जाते हैं निराशा होती है। जल्दी न्याय ही अच्छा न्याय, मुझे देखो केस है स्कूल के मैनेजमेंट के साथ, रिटायर्ड हूँ, केस अभी चल रहा है।

नाथीराम भल्ला - मास्टरजी, अब उम्मीद कर सकते हो, जल्दी हो जायेगा।

गोपी शर्मा - न्याय में देर है, अंधेर नहीं, लोग कहते हैं मैं समझता, अब न्याय में देर नहीं अब अंधेर भी नहीं।

कहानी किसी की तो है

श्री रवि

लव मैरिज

नियारा से

बच्चे

नीरज

तृषा

का आगमन

ये कहानी है चीफ जस्टिस ऑफ नेशन

श्री रवि की

जगनन्दन त्यागी

अध्याय - ८

श्री रवि लव मैरिज नियारा से, बच्चे नीरज तृषा का आगमन

श्री रवि की न्याय यात्रा चल रही थी। परिवार नहीं था। माता रजनी देवी, पिताजी अजीत सिंह बचान का स्वर्गवास हो चुका था। गांव में प्रॉपर्टी का ट्रस्ट बना दिया था, वो अकेल थे। पूर्ण रूप से न्याय को समर्पित। परन्तु परिवार भी उतना ही जरुरी होता है, जितना जरुरी जीवन यात्रा, श्री रवि मैरिज करने का मन बना चुके थे। श्री रवि स्मार्ट थे, यंग थे, पढ़े लिखे थे और अब DAJ भी थे।

इस बीच श्री रवि की लव मैरिज नियारा से हो गयी थी और अन्तराल में नीरज और तृषा का जन्म हुआ। विभिन्न अदालतों में स्थान्तरण हुये, वो अपनी न्याय यात्रा में बढ़ते रहे और उनके न्यायिक फैसलों, केस जल्दी ख़त्म करने, झूठों को झूठा और सच्चों का सच्चा ही बना रहने वाले फैसलें। उनकी सुदृढ़ ईमानदार, न्यायिक सच्चे और अच्छे जज की छबी बनती गयी, निखरती गयी। अब श्री रवि कानपूर के डिस्ट्रिक्ट एवं सेशन जज बन गए थे। घर में उनकी पत्नी, पुत्र नीरज, पुत्री तृषा बड़े हो रहे पुत्र, अपनी पढाई कर रहे थे। परन्तु श्री रवि की पत्नी बच्चों की देखरेख करती थी, सब से ठीक चल रहा था, अदालत में श्री रवि

अपनी ईमानदारी, निष्पक्ष न्यायपूर्ण, सच्चाई परिपूर्ण निर्णयों, फैसले कर रहे और परिवार में उनकी पत्नी नियारा, पुत्र नीरज पुत्री तृषा उनके इस व्यवहार को पसंद नहीं करते थे। इस न्याय मार्ग पर चलने वाले श्री रवि की आलोचना करते नहीं उघाते थे। न्याय क्षेत्र में हीरो और परिवार में जीरो, सच और ईमानदारी परिवार भी पसंद नहीं कर पा रही थी

श्री रवि का अब अपना परिवार था पत्नी नियारा, पुत्र नीरज और पुत्री तृषा श्री रवि वैसे तो बच्चो से बहुत प्यार करते थे परन्तु अपने न्यायिक कार्यो में इतने व्यस्त रहते थे की बच्चों को ज्यादा समय नहीं दे पाते थे और बच्चों का सारा कुछ अधिकतर उनकी पत्नी नियारा ही देखती हैं। बच्चों को और उनकी पत्नी को, उन तीनों को श्री रवि से अक्सर यह शिकायत रहती थी, वो कहते रहते थे-

नियारा - आपकी जरुरत है, बच्चों को भी कुछ समय मिलना चाहिये आपका।

श्री रवि - सही कह रही हो, मैं मानता हूँ और कोशिश भी करता हूँ।

नियारा - बच्चे कह रहे थे, पापाजी हमारी P.T.M में नहीं जाते।

श्री रवि - हाँ इस वार नहीं जा पाया मैं कोर्ट में व्यस्तता ज्यादा ही बढ़ गई है।

नियारा - समय निकाला कीजिये, समय निकालना पड़ता है।

श्री रवि - जरुर

इसी प्रकार चलता रहे, श्री रवि बच्चों को ज्यादा समय नहीं दे पा रहे थे, वो कोशिश करते रहते थे।

हाँ नियारा बच्चो की माँ, उनका पूरा पूरा ख्याल रखती थी।

कभी- कभी श्री रवि भी बच्चों को शहर का एक सुन्दर पार्क था और था भी बहुत बड़ा, वहां घुमाने, आईस क्रीम खिलने और पास के मार्किट से परचेजिंग के लिये समय निकाल कर बच्चों और नियारा को ले जाते थे, ये अक्सर नहीं कभी-2 हो पाता था, उस दिन पूरा परिवार अति प्रसन्न दिखता था, वो अपनी ख़ुशी छुपाते नहीं छुपा पाते थे और अक्सर ऐसे अवसरों पर -

नियारा - आपने आज बहुत अच्छा किया लगा आप हम सबकी परवाह करते हैं

तृषा - पापा आप ऐसा जल्दी-2 कराया करो, बहुत अच्छा लगता है हमें

नीरज - हाँ पापा आप तो कमाल करते हो पापा हमारे कमाल के है

श्री रवि - पापा को मख्खन लगा रहे हो

नीरज - नहीं पापा सच्ची, आज मैं बहुत खुश हूँ

नियारा - ऐसे अवसर कम ही आते हैं पर जब आते हैं तो मन बहुत खुश हो जाता है

तृषा - पापाजी आप हो ही बहुत प्यारे बहुत अच्छे

नीरज - आज के लिये धन्यवाद

बच्चे अपनी ख़ुशी में मग्न, पापा को कह रहे थे प्लीज पापा आप हमें हर रविवार को यहाँ लेकर आया करो बहुत अच्छा लगेगा, हम सब साथ मिलकर मस्ती करेंगे।

नियारा बोली ये क्या बच्चों पापा काम में व्यस्त रहते हैं पर मैं तुम्हे अक्सर यहाँ लाती हूँ बाजार में खरीदारी कराती हूँ। मैं ये सब कराती हूँ मुझे तो तुम लोग कभी धन्यवाद नहीं कहते मेरी तो सारी मेहनत तुम लोगों को अच्छी नहीं लगती क्या। तृषा कहती है, माँ आप तो माँ हो मम्मी हो हमारी, और हमें वो भी अच्छा लगता है पर मम्मी, जब मम्मी पापा साथ आते हैं या साथ लाते हैं, तब हमें बहुत ज्यादा अच्छा लगता है। नीरज कहता है मुझे भी।

इसी तरह चल रहा था। जब पापा श्री रवि बच्चो के साथ जाने की ज़िद पूरी नहीं कर पाते थे वो बच्चे अक्सर निराश हो जाते थे, पापा से नाराज भी होते और कुछ समय माँ के द्वारा समझाने पर स्वयं ही समझ कर चुप हो जाते और नये अवसरों का इंतजार करने लगते।

कहानी किसी की तो है

परिवार

लालच

ईमानदारी

सच्चाई

श्री रवि

अचल

अडिग

ये कहानी है चीफ जस्टिस ऑफ नेशन

श्री रवि की

जगनन्दन त्यागी

अध्याय - ९

परिवार लालच ईमानदारी सच्चाई श्री रवि अचल अडिग

यह डगर बहुत कठिन है, इस पर चलते रहना। है बहुत समझ और संभल कर, अपना आज तक का पास्ट श्री रवि के मन में मस्तिस्क में आज पर आकर खड़ा हो गया, जैसे निंद्रा से जागे सोचने लगे।

पिता एक, माँ बेटा बेटी एक और सोच का अंतर, ईमानदारी का उपहास, श्री रवि एक ईमानदार कर्तव्य निष्ट, आदर्शवादी और उनका परिवार भौतिकवादी चलता है, अंतर विचारों का समर्थाकता का नियत का, जरूरतों का द्वन्द, अक्सर उन परिवारों में चलता ही रहता है जिसके फैमिली हेड ईमानदारी का जीवन अर्पित करने का संकल्प लिए रहते हैं और विचलित होकर ईमानदारी का दामन नहीं छोड़ते। श्री रवि ने कुछ दिनों बाद अपने भविष्य निधि से लोन लेकर अपने पुत्र को मारुती 800 खरीद कर उसके जन्मदिन पर उपहार में दे दी।

नीरज ने कोई खास खुशी जाहिर नहीं की, परिवार ने इतना ही कहा आप प्रेक्टिकल नहीं हैं। आप पोजीशन का फायदा उठाना नहीं जानते। आपकी ईमानदारी हमें उच्च

स्तर की जिन्दगी कभी नहीं दे सकते। आप जैसे इंसान का परिवार हमेशा तरस - तरस कर जीवन जीते हैं। हम भी भुगत रहे हैं। श्री रवि अपने सच्चाई और ईमानदारी से विचलित नहीं होने वाले थे, नहीं हुए।

कुछ समय बाद जब, परिवार किसी अवसर पर साथ बैठकर बातें कर रहे थे। श्री रवि के मित्र और अजीरन मेमोरियल ट्रस्ट के चीफ दास मिलने आए हुए थे-

बात नीरज ने आरम्भ की - पापाजी आप कैसे विकट व्यक्ति हो

श्री रवि - क्या, कैसे

नीरज - मम्मी आप बताओ, पापा है न विकट, अदालत में क्या करते हैं।

श्री रवि - ये मेरी इयूटी हैं, ईमानदारी और सच्चाई मेरा संकल्प है जिम्मेदारी है।

तृषा - पापा आप जज तो अच्छे हो

नीरज - और पापा

तृषा - मेरे लिये तो पापा भी अच्छे हैं, जज भी

नियारा - आप की खिंचाई कर रहे हैं बच्चे

नीरज - आप अगर थोड़े से भी प्रेक्टिकल हो जाओ तो समस्या ही खत्म

श्री रवि - कैसे प्रेक्टिकल, कैसी कौन सी समस्या

नियारा - अरे वही हार्डकोर ईमानदारी आपकी, समस्या है हमारी

नीरज - इस विषय पर मेरी पापा से कभी न पटेगी

तृषा - पापा को बदलना मुमकिन नहीं है

नियारा - उम्मीद पर दुनिया कायम

श्री रवि - ये बहस बेकार है, मैं प्रतिबद्ध हूँ, मेरा फर्ज है

नियारा - और हमारी लग्जरी लाइफ

श्री रवि - लाइफ तो अच्छी चल रही है, लग्जरी लाइफ के लिए बेईमानी नहीं करूँगा

भगवान दास - बच्चों अंकल की सुनो

नीरज - हाँ अंकल बोलो

तृषा - आप ही कुछ बता सकते हैं

नियारा - जितना मैं जानती हूँ समझती हूँ, भाई साहब इनके ही अनुयायी हैं इनका ही फेवर करते हैं

नीरज -अंकल वो जो दास अंकल हैं CJM, उनके ठाठ देखो, क्या उनकी सैलरी पापा से ज्यादा है, राजवीर सिंह JM हैं पर लग्जरी देखो उनकी। पापा डिस्ट्रिक्ट जज और हम लोगों का रहन सहन

तृषा - ये बात हमें काम्प्लेक्स होता है

नियारा - मैंने भी स्टेट अधीनस्थ सेवा की है मैं सब जानती हु, नियारा, नीरज, तृषा तीनो एक स्वर में बोलें-

- इनकी बात ये गलत है, बड़े त्यागी बनते हैं, पुस्तैनी ज्यदाद भी ट्रस्ट को दे दी

नीरज - पापा हिप्पोक्रेट हैं

तृषा - नहीं भाई पापा जरा हटके हैं

भगवान दास - भाभीजी और बच्चों सुनों, तुम्हे अपने पति, पापा पर गर्व करना चाहिये। इन्हें कोई ईमानदारी, सच्चाई के न्याय पथ पर चलते रहने से रोक नहीं पायेगा, ये उनके खून में, मन में है, तन में है।

श्री रवि जानते थे ये रोज-2 की ना समाप्त होने वाली बाते हैं मुझे अपने आप पर भरोसा है, कंट्रोल है। मैनें न कभी सोचा है ये, कभी सोचूंगा भी नहीं, करूँगा भी नहीं। मुझे वो न्याय में अन्याय को रोकना है, व्यवस्था को बदलना नहीं, क्लीन करना है। लोग कहते हैं कहते रहे, ऐसा सोचकर उठे और भगवान दास से कहा - चलो आपके ट्रस्ट की गतिविधियों का जायजा लेते हैं। आप तो है ही स्वच्छ परंपराओं के हिमायती, अच्छा ही कर रहे हो। श्री रवि भगवान दास को साथ लेकर ड्राईंग रूम में आ गये।

और ट्रस्ट के काम की श्री रामदास ने उन्हें ट्रस्ट से कुछ देना नहीं था फिर भी वह रामदास की ओर से दी गयी प्रोग्रेस रिपोर्ट सुन जरुर लेते थे और अपने सुझाव भी दे देते थे, हालाँकि दखलअंदाजी कभी नहीं। ट्रस्ट अच्छा चल रहा था, गांव में कॉलेज बन रहे थे। स्कूल, इंटरमीडिएट, आर्ट, साइंस, डिग्री कॉलेज बनकर तैयार हो रहे थे और श्री रवि एवं उनके दिवगंत परिवार की प्रसंशा

करते लोग नहीं थकते थे। भगवान दास ने सारी स्थिति उन्हें बताया, श्री रवि का कोई किसी तरह का फाइनेंसियल एडमिनिस्ट्रेटिव किसी तरह का इंटरेस्ट नहीं था फिर उसका हाल जानकर श्री रवि को आंतरिक सुख की अनुभूति होती थी।

समय बीत रहा था श्री रवि का बनवाया हुआ मेमोरियल ट्रस्ट नये कीर्तिमान के साथ बढ़ रहा था, और श्री भगवान दास उसमे अपनी ईमानदारी और तन्मयता से प्रसार प्रचार में अपना अमूल्य योगदान देते जा रहे थे। समय चक्र चलता रहा और श्री रवि अपने न्याय पथ पर चलते रहे।

कहानी किसी की तो है

श्री रवि
बन गये हाई कोर्ट जज

सफ़र - न्याय का
न्याय मार्ग वरुण पर

ये कहानी है चीफ जस्टिस ऑफ नेशन
श्री रवि की

जगनन्दन त्यागी

अध्याय - १०

श्री रवि बने हाईकोर्ट जज

लगभग 1 वर्ष बाद परिवार साथ बैठकर बातें कर रहे थे, प्रान्त से एक जज का नॉमिनेशन, रिकमेंडेशन होनी है हाई कोर्ट जज बनने के लिये, तृषा और नीरज कहने लगे प्रान्त से किसी का भी सिलेक्शन हो सकता है। पापा को कौन रिकमेंड करेगा, न किसी के चहेते हैं, ना किसी की सिफारिश मानी है, ना पैसा है इनके पास, हाईकोर्ट का जज बनना तो भूल जाओ। पत्नी भी हाँ में हाँ मिलाते हुए कहने लगी यह तो जिला जज ही रिटायर होने के लिए बने हैं। आज श्री रवि के बचपन के मित्र भगवान दास आ गए उनसे मिलने और परिवारिक मंत्रणा में शामिल हो गए थे। यह सब सुनकर बोले श्री रवि हमारे बचपन के साथियों में सबसे ज्यादा होशियार, ईमानदार, मेधावी छात्र थे। थ्रूआउट फर्स्ट क्लास और सबसे पहले जज बने थे। इनकी ईमानदारी और कर्तव्य निष्ठा के चर्चे प्रान्त की हर ज्यूडीशरी में होते हैं और आप सब उसका परिवार, ऐसी बातें करते हैं। बेटा नीरज, बेटी तृषा और भाभीजी आपको तो इन पर गर्व होना चाहिए और आप उन पर गर्व नहीं अपितु ऐसा कह रहे हैं। मेरा मित्र हीरा है और देख लेना हीरा ही रहेगा।

तृषा - पापा हीरा तो हैं

नियारा - तभी तो मैंने इनसे शादी की है

नीरज - बिना माल के

भगवान दास - सही है

आज लगभग ३ महीने बाद, पूरा परिवार साथ बैठकर बातें कर रहे थे। हाई कोर्ट के जजों के सिलेक्शन के कॉलेजियम का रिजल्ट आना था, श्री रवि शान्त बैठे थे। सरकार ने जो कॉलेजियम की रिकमेंडेशन अप्रूव किया उनमें हाई कोर्ट के जजों में श्री रवि का नाम सबसे पहले नंबर पर आया था श्री रवि हाई कोर्ट के जज बनने वाले प्रान्त से पहले एकमात्र जज थे। नियारा हमारा प्रोमोशन हो गया - श्री रवि ने कहा।

नियारा - बधाई हो

नीरज - बधाई हो

तृषा - बधाई हो

यह समाचार उन चारो के लिये बहुत ख़ुशी भरा था श्री रवि हाई कोर्ट के जज बन गये थे और जल्द ही हाईकोर्ट ज्वाइन करेंगे। नीरज बढ़ चढ़ कर ख़ुशी में मगन और अपनी ख़ुशी में समां नहीं पा रहा था। श्री रवि की पत्नी नियारा भी अपने पति पर गर्व कर रही थी। तृषा अपने पापा के इस प्रमोशन से खुश भी थी, और मन में सोच रही, पापा हाईकोर्ट जज बने हैं, हम सब बहुत खुश हैं, मम्मी की ख़ुशी का तो अंदाजा नहीं है वो सोच रही थी। हम लोग नेशन देश के तो कुछ पर्यटक स्थान घूम लिए हैं, पर विदेश जाने का सपना ही है, कब जा पाएँगे ऐसा सोचते-2 कल्पनाओ में सिंगापुर की सैर कर रही थी। शाम तक श्री रवि को लोग मिलने आते रहे, इस बीच तृषा ने अपनी माँ नियारा और भाई नीरज से विदेश

पर जाने की बात की और कहा, पापाजी को मान जाना चाहिए, नहीं माने आसानी से तो ज़िद भी करेंगे, मनाकर ही रहेंगे, क्लास में मैं और नीरज तुम अपने क्लास में जो अब तक विदेश यात्रा पर नहीं गये-

तृषा - पापा हाई कोर्ट आपकी सही जगह होगी

नीरज - पापा इज ग्रेट मुझे विदेश ट्रिप गिफ्ट में देंगे पापा मना नहीं करोगे

तृषा - पूरी फैमली को मिलेगा, आखिर पापा हाई कोर्ट जज बने हैं मजाक थोड़ी ही है

नियारा - जब परिवार के हेड का प्रोमोशन होता है तब सबका होता है परिवार में

श्री रवि - सबको बधाई हो

नियारा - देखो जी, सिंगापुर का ट्रिप तो बनता है।

नीरज - नहीं मम्मी, थाईलैंड, मलेशिया और सिंगापुर तीनो एक लाइन में बनता है।

तृषा - पापा आप बोलो

नीरज - बोलना क्या पापा करना है

नियारा - नीरज सही कह रहा है अब

श्री रवि - जरुर जायेंगे

नीरज - कब तक

तृषा - पापा जल्दी से जल्दी जाना है

श्री रवि - बेटा चलेंगे जरुर चलेंगे जैसा नीरज कह रहा है। सिंगापुर, मलेशिया, थाईलैंड का ही ट्रिप बनाते हैं

नीरज - पापा इज ग्रेट, माय फादर इज बेस्ट इन दी वर्ल्ड

तृषा - भाई पापाजी दी बेस्ट पापा इन दी वर्ल्ड

नियारा - माई हस्बैंड इज दी बेस्ट

नियारा, नीरज, तृषा तीनो बहुत खुश और अपनी ख़ुशी जाहिर भी कर रहे थे, पापाजी ने विदेश यात्रा परिवार की पापा के साथ जाने की हामी भर ली थी।

नियारा - मैं कहती थी पापा मान जायेंगे, देखो तृषा सिंगापुर कह रही थी

नीरज - मैंने सिंगापुर, मलेशिया, थाईलैंड का सुझाब दिया

नियारा - और पापाजी ने मान लिया

नीरज - आपका इसमे हाथ है मम्मी, तुमने पापाजी को आँखों के इशारे से मना लिया वरना पापा और तीन देश का दौरा

नियारा - नीरज तुम्हारे पापा ऐसे भी नहीं की बच्चों की ना सुने

नीरज - सो तो है

तृषा - सब की मर्जी सबकी हाँ सबकी एक राय, बस अब जाना है जल्दी से जल्दी

श्री रवि - जो सब कुछ सुन रहे थे बोलें

विदेश भ्रमण गर्मियों की छुट्टियों में

अभी तो हाईकोर्ट में ज्वाइन करना है

नीरज - अरे पापा उसकी तो हमें भी जल्दी है

तृषा - मैं तो चाहती हूँ पापा अभी जाए और हाईकोर्ट के जज ज्वाइन कर ले

भगवान दास - नमस्ते सबको यथा योग्य

नीरज - चाचाजी राईट टाइम आते हैं आप

भगवान दास - क्या बात हो रही थी

नीरज - पापाजी को हाई कोर्ट जज बनना, प्रोमोशन हुआ है

तीन देशों, सिंगापुर, मलेशिया, थाईलैंड का ट्रिप हमें मिला है वो भी पापा के साथ

भगवान दास - क्या कहने, श्री रवि हमें क्या साथ लेकर नहीं जायेंगे

श्री रवि - मना थोड़े ही है

परन्तु भाई तुमतो कितने देश का भ्रमण करने का हुआ है। अजीरन मेमोरियल ने कराया

भगवान दास - आपको स्पोंसर कर देते हैं वल्ड टूर

श्री रवि - धन्यवाद भाई, नहीं चाहिये, धीरे-2 घूम लेंगे वर्ल्ड भी

भगवान दास - आप लोगो का गांव आने का कब का प्रोगाम रहेगा, हाई कोर्ट ज्वाइन करने से पहले या ज्वाइन करने के बाद

श्री रवि - अभी एकदम तो नहीं, जल्दी ही बताऊंगा, तुम्हारा हमारा गांव अब वो गांव नहीं रहा, बन गया है स्मार्ट गांव, एजुकेशन हब

भगवान दास - सही कह रहे भाई श्री रवि इसमे आपका ग्रेट योगदान है

नियारा - भाई साहब महीने के एंड तक हम यहाँ से चले जाएँगे ये हाई कोर्ट ज्वाइन करेंगे, आप वहां आना, वहां बैठकर आपके स्मार्ट गांव जाने का प्रोग्राम जरुर बनायेंगे

नीरज - चाचाजी हमारा कोई भी खास काम आपके बिना नहीं हो सकता आप हमारे परिवार के VVIP मेम्बर हैं

भगवान दास - इसमें कोई शक नहीं तुम मेरे VVIP भतीजे हो

तृषा - और मैं

भगवान दास - तुम लाडली भतीजी हो तृषा

कहानी किसी की तो है

श्री रवि बचान

बने हाईकोर्ट जज

राजधानी हाईकोर्ट

चीफ जस्टिस ऑफ हाईकोर्ट

ये कहानी है चीफ जस्टिस ऑफ नेशन

श्री रवि की

जगनन्दन त्यागी

अध्याय - ११

श्री रवि बने चीफ जस्टिस राजधानी हाईकोर्ट

अब श्री रवि परिवार कानपूर से राजधानी जाकर श्री रवि हाईकोर्ट जज का पद भार संभालने की तैयारी में लग गये। नियारा और बच्चे बहुत खुश थे। अब उनके पापा हाईकोर्ट के जज, जिसके बाद सुप्रीम कोर्ट के जज उसके बाद सुप्रीम कोर्ट के चीफ, बनेंगे, कल्पनाये और खुशियाँ।

श्री रवि हाईकोर्ट राजधानी सलेक्ट हो गये थे, अब उन्हें कानपूर डिस्ट्रिक्ट और सेशन जज का पद, चार्ज देकर, हाई कोर्ट राजधानी में जाकर अपना पद चार्ज लेना था।

श्री रवि हाईकोर्ट जज बन गए, उन्होंने हाईकोर्ट ज्वाइन कर लिया। परिवार भी हाईकोर्ट बनने के बाद राजधानी शिफ्ट हो गया। बेटी तृषा तो पहले से ही बैंक ऑफिसर थी और हैदराबाद रहती थी। अब नीरज भी कानपूर के लोअर कोर्ट में वकील की प्रेक्टिस करने लगा और परिवार से अलग हो गया। अब श्री रवि के साथ उनकी पत्नी नियारा ही रहती थी। नीरज, तृषा अक्सर राजधानी में अपने परिवार से मिलने आते रहते थे। सब कुछ बदल गया था, बदला नहीं तो परिवार में श्री रवि के ईमानदार रहने और

हार्ड लाइफ और लैविश लाइफ ना जीने का लालसा का। नीरज, तृषा और नियारा अक्सर श्री रवि को सुनाते रहते थे। जैसा था वैसा चलता रहा। कुछ समय बाद उनकी पुत्री तृषा का विवाह हो गया। श्री रवि ने अपने समर्थ अनुसार पुत्री की शादी की। अब उसका घर आना-जाना कम हो गया। परिवार में तीनों नीरज, तृषा और नियारा का अपना अन्दाज में बदलाव नहीं हुआ। तीनो तृषा की शादी साधारण तरीके से करने पर खुश नहीं थे। श्री रवि अपनी वैल्यू और ईमानदारी, दिखावा ना करने वाले थे और अब भी बने रहे थे।

श्री रवि राजधानी हाई कोर्ट के जज बने, वहां कर्यक्षेत्र उनका व्यापक था। अपने पद का मान सम्मान मिला पर यहाँ भी उन्हें बहुत साधारण या सरल नहीं अपितु विकट परिस्तिथियों का सामना करते हुये न्याय मार्ग पर चलना पड़ा, अनेको कठिन से कठिन केस उन्होंने जजमेंट दिये, न्याय किया प्रलोभनों को नहीं स्वीकारा, किसी से भी कोई कितना ही बड़ा क्यों ना हो, शक्तिशाली, बलशाली, पैसे वाला या रसूख वाला क्यों नहीं, वो किसी से डरे नहीं किसी के सामने झुके नहीं।

उनके न्याय संगत फैसलों की चर्चा होनी थी होने लगी और बहुत जल्द, राजधानी हाई कोर्ट के सच्चाई और ईमानदारी छवि वाले जज बनते चले गये विख्यात होते चले गये।

अपने कार्यशैली, न्याय परायणता, समर्थता और न्यायपथ पर चलते चलते, राजधानी हाई कोर्ट के जज से

चीफ जस्टिस ऑफ राजधानी कोर्ट बन गये, राजधानी प्रदेश में उस समय की चुनी हुयी सरकार को, केन्द्रीय सरकार की रूलिंग पार्टी विशेष ने जब तिलक लगाकर, एम एल ए चुराकर, खरीद फरोख्त लगा कर, एम.एल.ए. को दुसरे शहरों में ले जाकर, होटलों में बंदी बनाकर राजनैतिक हथकण्डे लगाकर, संविधान तोड़ मरोड़ कर बहुमत वाली सरकार को गिराकर, राज्यपाल के अनैतिकता पूर्ण फैसलों से गिरा कर अपनी सरकार बनायी और मिडिया का दुरूपयोग भी किया। उन्होंने अपने मुख्य मंत्री को शपथ भी दिला दी थी।

उसी समय कुछ ही दिन पहले श्री रवि, हाई कोर्ट राजधानी के चीफ जस्टिस का कार्यभार संभाला था। बहुमत की सरकार अल्पमति केद्रीय रूलिंग पार्टी ने गिरा दी थी। यह केस, इस केस में श्री रवि ने, निडर, निष्पक्ष, सच्चाई, ईमानदारी का दामन नहीं छोड़ा था और अपदस्थ बहुमत वाली सरकार के बहाल किया था। तिकड़मी हारे थे और सच्चाई जीती थी, राज्यपाल पर भी हाई कोर्ट निर्णय में असहज कमेन्ट आया था।

कहानी किसी की तो है

श्री रवि बने
जस्टिस सुप्रीम कोर्ट
नहीं डिगे अपनी न्याय मार्ग यात्रा में

ये कहानी है चीफ जस्टिस ऑफ नेशन
श्री रवि की

जगनन्दन त्यागी

अध्याय - १२

श्री रवि बने जस्टिस सुप्रीम कोर्ट, नहीं डिगे अपनी न्याय मार्ग यात्रा में

नीरज अपने वकालत की प्रैक्टिस में खुश नहीं थे। उनको प्रैक्टिस कोई खास नहीं चल रही थी। अक्सर पिता से ही पैसे मांगते रहते थे। नियारा भी सोचती रहती थी, और कहती भी रहती थी की हाई कोर्ट के जज हो, सदा रहने वाले नहीं कुछ और कर लेते तो हमारी बांकी जिन्दगी बहुत अच्छे से गुजरती। अभी क्या सारी उम्र अभाव की जिंदगी कटेगी। नीरज भी जब भी पिता से मिलते, उन्हें ईमानदारी को तजांजलि देकर प्रैक्टिकल होने की सलाह देता रहता है। बेटी तृषा जब भी घर आती श्री रवि अपनी समर्थकता के अनुसार अपनी पुत्री और दामाद को उपहार देते रहते। उनका दामाद विवेक मना करता था और आभार जताता था। वह अपने फादर इन लॉ की ईमानदारी और वैल्यू सिस्टम से प्रभावित होता था। वह कभी-कभी अपने फादर इन लॉ को अप्रिशिएट करता था। वह नीरज, तृषा और नियारा सबसे श्री रवि की तारीफ तो जरुर करता था परन्तु इन तीनों से ज्यादा तर्क नहीं करता था। श्री रवि अपने परिवार के लोगों से इस व्यवहार के आदि हो चुके थे। वह अपने आदर्श एवं वैल्यू

सिस्टम में विश्वास रखते थे। समय चलता रहा, इसे तो चलते रहना होता ही है। लगभग 3 वर्ष के अन्तराल में श्री रवि देश के सुप्रीम कोर्ट के जज बन गए।

श्री रवि सुप्रीम कोर्ट के सिटिंग जज, कानपूर के बड़े बिजनेसमैन का एक बड़ा केश उनकी सिंगल जज बेंच में आया। केस में सरकार के विरुद्ध हाई कोर्ट के जजमेंट के खिलाफ अपील की थी। सरकार ने राघव एंड कम्पनी पर टैक्स चोरी और अनेक अनियमिताओं के कारण करोड़ों रूपये की पेनाल्टी लगाई थी। राघव एंड कम्पनी के मालिक राघव राय कानपूर में ही रहते थे और उन्हें जानकारी थी की एडवोकेट नीरज जो वहां प्रैक्टिस करते हैं, उनके पिता श्री रवि सुप्रीम कोर्ट जज हैं और उनका कैसे उनकी सिंगल जज बेंच में चल रहा है।

श्री रवि कभी भी घर में कोर्ट से जुड़े कोई बात नहीं करते थे, और नहीं चाहते थे घर का सदस्य दखल अन्दाजी करें।

पहली हियरिंग के बाद राघव राय समझ गए थे उनका केश कमजोर है और उनके जितने के चांस ना के बराबर है। राघव राय ने नीरज को अप्रोच किया और उनसे मदद के बदले अच्छा सा प्रलोभन दिया। नीरज अपने पिता का नेचर, ईमानदारी, वैलुज जानते थे। अतः उन्हें विश्वास था की उनके पिता नहीं मानेंगे और उनका जजमेंट को प्रभावित करना नामुमकिन होगा। फिर भी राघव राय का प्रलोभन ऐसा था जो उन्हें चांस लेने का प्रयास करने को प्रेरित कर रहा था। नीरज ने राघव राय से कहा - मिस्टर राय, पापा मानेंगे संदेह है।

राघव राय - मिस्टर नीरज उम्मीद करता हूँ, हमारा कार्य हो जायेगा

नीरज - जरुर, जरुर काम तो होना ही है

राघव राय - आपको खुश कर देंगे, आगे के लिये रिलेशन बनेगा, तुम होनहार हो। होनहार के चिकने पात

नीरज - मुस्करा दिये

नीरज - राघव राय जी मैं खुश करने का मतलब नहीं समझा

राघव राय - मतलब जो काम उनसे कराओ वो तो बता दिया, अलग से उसका बोनस भी

नीरज - रिस्की है बहुत रिस्की है

राघव राय - रिस्की है तभी तो वजनी है

नीरज - वजनी मतलब भारी

राघव राय - भारी मतलब बड़ा सौदा बड़ी राशी

नीरज - कभी किया नहीं डर लगता है

राघव राय - इसमे डरने की क्या बात है, बात हमारे तुम्हारे बीच है, किसी को क्या पता चलेगा

नीरज - अगर चल गया पता तो

राघव राय - कैसे बच्चों जैसी बात करते हो नीरज, मर्द बनो

नीरज - हाँ जब आप और बतायेंगे नहीं तो कैसे पता चलेगा

राघव राय - मन पक्का करो, कहो हाँ

नीरज - जी सर

राघव राय - तो डील पक्की

नीरज - पक्की ही समझो

राघव राय - समझो नहीं करनी ही है

नीरज - हाँ जी हाँ जी, हाँ हाँ

नीरज काफी समय से या यो कहे, बचपन से ही अपने पिता की पोजीशन का फायदा पाने के पक्षधर थे। जिसमे उसकी बहन तृषा और माँ नियारा हमेशा उनका साथ ही नहीं देती थी अपितु स्वयं भी श्री रवि से क्रोध, याचना, मनाने की भरसक कोशिश करती रहती थी। परन्तु अपने इरादों में, प्रयासों में असफल रही थी। इस बार नीरज यह बड़ा और आकर्षित करने वाला राघव राय का करोड़ो कैश और दिल्ली में चार बेडरूम का फ़्लैट, प्रलोभन में हिलोरे मारने के लिए और कल्पना मात्र से उन्हें यह स्वीकार करके अपने पिताजी श्री रवि से केस राघव राय के हक़ में फैसला प्रभित करा लेने का मन बनाने में सफल होता लग रहा था। नीरज अब किसी भी प्रकार कुछ भी हो जय, अपनी बहन और माँ के साथ मिलकर पाने पिता श्री रवि से राघव राय केश का फैसला प्रभित करके उनके हक़ में केश सैटिल कराएगा और चाहे कुछ भी हो श्री रवि को मजबूर करेगा। उसने राघव राय को आस्वस्त कर दिया और उनके काम के लिए हामी भर ली।

नीरज जानता था उसके पिता इतनी आसानी से नहीं मानने वाले। वो किसी भी तरह का अपने न्यायिक प्रक्रिया में हस्तक्षेप या प्रभावित नहीं होंगे और नहीं मानेंगे, परन्तु

उसने अपने मन में यह संकल्प ले लिया, बहुत हो चुका अब यह करके ही दम लेगा और राघव राय का प्रलोभन को स्वीकार करेगा, किस्मत से आया ऑफर गवायेगा नहीं। वो इसी प्रकार के लोभ में तल्लीन मन हो गया।

उसने अपनी माँ नियारा, बहन तृषा से फोन पर बात किया और उन्हें भी अपनी स्कीम में साझेदार बनाने का निश्चय किया।

फोन पर नीरज - मम्मी एक बड़ा धांसू प्रपोजल आया है

नियारा - कोई लाटरी वाटरी का है क्या

नीरज - नहीं, हमारे इस प्रपोजल में पापा पर निर्भर है

नियारा - बताओ भी क्या खास है

नीरज - मम्मी यहाँ के बिजनेसमैन का पापा के पास केस है

नियारा - तेरे पापा को तू नहीं जनता ना ही समझा

नीरज - मम्मी मैं तृषा से भी बात करता हूँ वो भी आ जायेगी, पापा को मना लेंगे

नियारा - तू कहता है तो प्रयास करते हैं लग तो आसान नहीं रहा

नीरज - मम्मी पहले ही निगेटिक बात मत किया करो

नियारा - मैं तो सदा तेरे साथ रहती हूँ, यहाँ बात तेरे पापा की है, उन्हें मनाना टेढ़ी खीर है

नीरज - मम्मी मैं, आप और तृषा मिलकर प्रेशर डालना पड़ा तो डालेंगे, मानना ही पड़ेगा पापा को, बात करोड़ों की है

नियारा - उत्सुकता से क्या कहा करोड़ों, क्या बेटा जैकपोट लग रहा है

नीरज - तृषा से बात कर रह हूँ वो आयेगी, विवेक को इससे दूर रखते हैं

नियारा - कोशिश करेंगे मिलकर ये काम किला जितने से ज्यादा मुस्किल लग रहा है

नीरज अगले ही दिन श्री रवि अपने पिता के पास घर जाने का प्रोग्राम बनाया। तृषा भी पहुंच गईं, उन्होंने तृषा के पति विवेक को अपनी इस स्कीम के बारे में कुछ नहीं बताया और शामिल नहीं किया अपने साथ। उन्हें विश्वास था विवेक साथ ही नहीं अपितु मुखालफत करेगा, बात बनने कि नहीं उल्टा मामला बिगड़ सकता है। अतः उन्होंने विवेक को दूर और अनजान ही रखा, इंवॉल्व नहीं किया।

योजना के अनुसार नीरज, तृषा अपने घर में अपनी मां नियारा से इस विषय पर लंबी मंत्रणा की। नीरज ने बताया राघव राय का केस आया है पापा के बेंच में। राघव राय का प्रपोजल पाँच करोड़ कैश और 4बीएचके फ्लैट दिल्ली में, बहुत सही और अच्छा होगा अगर हम तीनों मिलकर पापा को मजबूर करें औरयह डील पक्की करा ले। पापा है तो एंडॉमेंट नेचर के और ईमानदारी के कूप मण्डल, लेकिन मम्मी अब समय आ गया है, हम उनकी पोजीशन का इतना बढ़िया मौके का फायदा उठाएं, रिटायर होने के बाद उन्हें कौन पूछेगा और हमारे पास सरकारी सुविधाएं भी नहीं रहेगी, तब क्या हम ठन ठन गोपाल करते रहेंगे। मेरी तो वकालत की प्रैक्टिस ना के बराबर चल रही है। ऐसे दमदार मौके बार-बार तो आते नहीं। तीनों के मन में संकोच, श्री रवि का अतिवादी, ईमानदारी और कर्तव्यनिष्ठा, उनके न मानने की डर ही नहीं अपितु अनेकों विचार आ जा रहे थे। परंतु कहते हैं, बड़े से बड़े लोगों का ऐसे अकस्मात बड़े प्रलोभन सामने आने पर मन डोल जाता है। उन्होंने मन कड़ा करके यह रिश्वत कांड करने का मन में दृढ़ निश्चयकर लिया।

उसी सांय जैसा अक्सर दिन चर्या चलती थी, जज साहब आपने निश्चित समय पर घर आ गए और ड्राइंगरूम में बैठ गए। नियारा ने स्वयं चाय बनाकर, इवनिंग रिफ्रेशमेंट बनाया और स्वयं लेकर आयी। उन्होंने मेड को अवकाश दे दिया था। प्लानिंग के अनुसार नीरज भी, तृषा भी गुड इवनिंग पापा कहकर श्री रवि

और नियारा के पास ड्राइंग रूम बैठ गए। कुछ समय इधर-उधर की स्वाभिक बातें करते रहे। अब जब घर में वह चारों श्री रवि, तृषा, नियारा और नीरज रह गए, ड्राइवर भी चला गया, नीरज ने माँ को इशारा किया और उन्हें राघव राय के केस और उनके दिए गए प्रलोभन की टॉपिक पर बात शुरू करने को प्रेरित किया। नियारा मन में प्रफुलित थी, पर गहन शंका थी, श्री रवि के नाराजगी भरे रिएक्शन की, तृषा भी माँ के मन के भाव समझ रही थी, फिर भी उनके तुरंत बात करने को शुरू करने की उत्सुकता मन में दबा नहीं पा रही थी।

बात भी करनी ही थी, नियारा ने मन कड़ा करके कहना शुरू किया, नियारा ने श्री रवि को संबोधित करते हुए कहना शुरू की, आज हम आपसे एक अति सुंदर, मोहक और बड़े फायदे की बात करना चाहते हैं। आप नाराज हो, ना हमारी प्रपोजल को इग्नोर करें और ना ही रिफ्यूज करें। हम तीनों ने सारे प्रोस, कोन सोचकर आज आपसे स्वीकृति लेनी है। बाकी नीरज और तृषा मिलकर से एकीकृत कर लेंगे। आपको कोई खास नहीं करना पड़ेगा। श्री रवि कोतुहल से शंकित मन और अपने परिवार के सदस्यों को जानते हुए कुछ ना कुछ खास खुराफात कि आशा मन में लिए, तीनों की ओर देखते हुए

बोले, कहो क्या कहना चाहते हो, तुम तीनों एक साथ कहने सुनने वाले हो, कुछ खास बात ही होगी। श्री रवि का इस प्रकार उन्हें उत्साहित करते हुए उनको अपने प्रपोज़ल पर बात करने का और उत्साह मन में भर गया। खुश होते हुए नियारा ने नीरज का बताया हुआ रिश्वत का एक आसान और सेफ मौके का A to Z किस्सा की तरह अपने मन में लड्डू फूटते जैसे माहौल जानकर मानकर श्री रवि को प्रपोसल जिसमें राघव राव ने पाँच करोड़ कैश और चार बैडरूम का एक दिल्ली में फ्लैट देने वाले हैं बता दिया।

तृषा - पापा ऐसी डील रोज-2 नहीं आती, पापा को अपनी ओर देखते ही तृषा कह तो गयी पर सकपका भी गयी

तृषा - पापा मेरा मतलब है

नियारा - देखों ऐसा मौका छोड़ना नहीं चाहिये

नीरज - पापा ये तो शुरुआत है

श्री रवि चुपचाप पूरा विवरण, नियारा से सुनते रहे जिसमें नीरज और तृषा भी बीच-बीच में उन्हें फायदे का सौदा बताते रहे। तीनों का प्रपोजल उस पर श्री रवि की कोई प्रतिक्रिया नहीं, चुपचाप सुनते रहने से उन्हें लगने लगा था कि श्री रवि शायद नाराज नहीं होंगे, ना नहीं करेंगे। नीरज, तृषा, नियारा ये सब करने कहने के बाद श्री रवि की प्रतिक्रिया का इंतजार करने लगे। श्री रवि को न कुछ बोलना था और ना कोई प्रतिक्रिया दिए, चुपचाप वहां से उठ कर चले गए अपने स्टडी रूम में। तीनों आवक रह कर देखते रहे। अब उनके मन में द्वन्द चल रहा था।

श्री रवि का मौन, अपने मन में हां, ना का द्वन्द लिए नीरज ने मां की ओर देखकर कहा, माँ, क्या कहती हो, पापा मानेंगे, तृषा जो अपने पिता के रिएक्शन को समझती थी, कहने लगी, नीरज, मां, पिताजी के मौन का आप जैसा सोच रहे हो वैसा कुछ नहीं होने वाला, मुझे आशंका है पापा बहुत बड़ा बमबार्ड करने वाले हैं। उनके गुस्से का सामना मैं वो नहीं कर पाऊंगी, और पता चलने पर विवेक भी मुझे ही दोषी ठहराने लगेंगे। जबकि होगा कुछ नहीं, सारा मामला गुड़ गोबर होने वाला है। मैं पापा की फटकार जो मिलने वाली है, पति का सामना, सच्चाई से सामना कर पाने की मुझ में ना हिम्मत है और ना ही अब मन में कोई आशा। पापा एकदृढ़ इच्छाधारी, सीधे सच्चे ईमानदार व्यक्ति हैं। जिन्हें ये आपका प्रलोभन डिगा नहीं पाएगा, वो अपने कर्तव्यसे किसी भी प्रकार विचलित होने वाले इंसान नहीं है। वो एक आदर्शवादी और सच्चे इंसान है। कभी भी, मतलब कभी भी नहीं मानेंगे, वो रिश्वत लेना पाप समझते हैं। उन्हें पाप की ओर धकेलने में आपसे कोई सहयोग नहीं करेंगे। पापा इसे अपने व्यक्तित्व के लिए पारिवारिक षड्यंत्र मानेंगे। मैं किसी प्रकार का रिस्क नहीं लूंगी मुझे माफ करें।

तृषा की बात सुनकर नियारा तो शांत रही परंतु नीरज बिफर पड़े और तृषा से कहा मैं बेकार में तुझसे सहयोग की अपेक्षा की, तू, तू है ही ऐसी अवसर पर धोखा और साथ छोड़कर बन जाती है नी सच्ची तुझसे यही उम्मीद थी कि ऐसा करेगी, मैं फ्री में तुझसे सहयोग नहीं लेता, तुझे भी हिस्सा मिलता, मैं तुझे हिस्सा भी देने वाला था,

पर तू तो गद्दार निकली, कैसी बहन है। ये तो मझदार में साथ छोड़ने वाली बात होगई, नीरज अपनी बहन को भला बुरा कहता रहा, गुस्सा करता रहा, तृषा ने कोई जवाब नहीं दिय, बस इतना ही कहा सॉरी मैं साथ इसमें नहीं दे सकती, साथ नहीं दूंगी। मैं सुबह हैदराबाद जा रही हूँ। आई एम नो मोर इंटरेस्टेड इन दिस। नियारा बोली कुछ नहीं, तृषा को भी कुछ नहीं कहा परन्तु उसकी चुप्पी, उसकी स्वीकृति थी नीरज की बातों की हामी भरी। तृषा ने एक बार फिर सॉरी कहा और उठ कर चल दी। नीरज, नियारा ने उसे रोका भी नहीं। तृषा के ड्राईंग रूम में जाने के बाद, नीरज ने माँ से कहा, यह तो बड़ी कमजोर और गद्दार निकली, मैं इसका अब कभी भी विश्वास नहीं करने वाला और ना ही अपने साथ किसी भी विषय में रखने वाला, आई बहुत अच्छी और ईमानदार बनने वाली। नीरज बहुत अधिक क्रोधित थे। अपनी बहन तृषा के इस प्रकार के प्रकरण और साथ छोड़कर जाने पर, नीरज, नियारा कुछ देर दोनों चुप रहे, फिर नीरज ने माँ से पूछा मम्मी आप अब अपनी बोलो, आप क्या करने वाली हो, मैदान छोड़कर भागने वाली या डटकर साथ देने वाली। तृषा की तरह पापा की पछधर या मेरा अंत तक साथ देगी।

नियारा ने कहा, नीरज जैसे तेरे पापा हैं ना, तृषा कह तो ठीक रही थी, पर बेटा मैं तेरी माँ, हर तरह से तेरे साथ हूं और यह डील तो करा कर ही दम लेंगे। नियारा ने फिर कहा, मैं स्वयं भी यहीं सोचती हूं, यह डील होनी ही चाहिए, बहुत हो गई ईमानदारी की नौकरी-चाकरी, हम भी तो इंसान हैं, हमें भी तो लग्जरी चाहिए।

श्री रवि अभी तक अपने स्टडी रूम में शांत बैठे थे और कुछ मनन करते रहे। उन्होंने शांत रहते हुये बिना कुछ डिस्कस किये डिनर किया और अपने शयन कक्ष में चले गए। बालकनी में चलते-चलते वे सोच रहे थे कि नीरज और नियारा के साथ अब तृषा भी, ये परिवार में हो क्या रहा है। थोड़ी देर में नियारा ने आ कर बताया, तृषा सुबह हैदराबाद वापस जा रही है, क्या मौन धारण ही रहेगा या बेटी जा रही है, उससे कुछ बात नहीं करोगे। नियारा ने उन्हें समझाते हुए कहा, तृषा को विदा करना है। तृषा अर्ली मॉर्निंग फ्लाइट से चली गई। श्री रवि ने उसे शांत मन से विदाई देते हुए बस इतना कहा, तृषा तुम भी इनके साथ - साथ, तृषा ने पापा से बस इतना कहा, नहीं पापा आई एम सॉरी।

तृषा हैदराबाद चली गई। वहां पहुंचकर तृषा ने अपने पापा को फोन पर एक बार फिर सॉरी कहा और इस प्रकरण से अलग हो गई। श्री रवि ने तृषा से कहा गॉड ब्लेस यू और आशीर्वाद के साथ तृषा से कहा, तुम अपने पापा से इस प्रकार की आशा नहीं करना, प्रयत्न भी नहीं करना। वे अपने जीवन के आदर्शों और इंसानियत नहीं छोड़ सकते। उनका पूरा प्रयास रहेगा न्याय के साथ अन्याय नहीं हो। अपनी आत्मा को मारकर किसी भी अन्य का साथ ना उन्होंने कभी दिया है और ना कभी करेंगे।

नीरज अभी भी श्री रवि को सहमत कराकर यह अवसर जाने नहीं देना चाहते थे और अपने पापा केन्यायप्रियता को जानते हुए भी ये आशा मन में लगाए हुए थे। वो और

मम्मी मिलकर श्री रवि को मनाकर, राघव राय से रिश्वत लेकर रहेंगे। बिडंबना देखिए, श्री रवि एक न्यायप्रिय, ईमानदार, कर्तव्यनिष्ठ, कभी सच्चाई से ना डिगने वाले जज और नीरज एवं नियारा भ्रष्ट नियत और भ्रष्ट प्रयास से उनके ही घर में इस घिनौने भ्रष्टाचार के लिए प्रयत्नशील, उनका पुत्र उनकी पत्नी।

आज श्री रवि का अवकाश था, सुप्रीम कोर्ट नहीं जाना था, श्री रवि मॉर्निंग ब्रेकफास्ट के लिये बैठे तो साथ ही साथ श्री रवि ने नीरज और नियारा को भी साथ नाश्ता करने के लिए कहा और ऐसा लगा जैसे घर में सब कुछ सामान्य है। नीरज और नियारा ने भी साथ ही मॉर्निंग ब्रेकफास्ट करते हुए नीरज से पूछा, कानपुर कब जा रहे हो? जवाब नियारा ने दिया, अभी नहीं कुछ दिन रहेगा और आपसे अपनी बात मनवा कर ही रहेंगे। नीरज ने पापा की ओर देखे बिना कहा, पापा अगर आपने मेरा यह सुझाव नहीं माना तो मैं आपसे अपना नाता रिश्ता सब तोड़ कर चला जाऊँगा और आपके पास कभी भी नहीं आऊंगा। बीच में नियारा ने भी अपना पक्ष कठोर करते हुए कहा, जज साहब आपने हम लोगों की सलाह कभी नहीं मानी और घर का जो ढर्रा है वह आपके मुताबिक चलता आ रहा, आपकी हटधर्मियता है, कोई ईमानदारी विमानदारी नहीं। आप अपनी जिद से हमेशा मेरा और मेरे बच्चों का नहीं सोचा, कि इन्हें भी लग्जरी लाइफ की जरूरत है। हमसे अच्छे तो जिला न्यायालय के वकील ही हैं। आपके हाई कोर्ट, सुप्रीम कोर्ट जज होने का हमें क्या फायदा मिला, हमेशा कठिन

कठोर जीवन जिया है हमने आपके साथ। अब और नहीं हो सकता, हमारी बात मानकर श्री राघव राय का मामला उनके फेवर में सेटल करके, उनके द्वारा दिया गया प्रस्ताव स्वीकार करना होगा। श्री रवि चुपचाप नाश्ता करते रहें बोला कुछ नहीं, नीरज अपनी बात को बढ़ाते हुए, आगे श्री रवि के मौन से, उत्साहित होते हुए ये सोचकर कि लगता है मम्मी और उसके प्रयास सफल हो सकते हैं। श्री रवि से संबोधन करते हुए बोला, पापा आपको सोचना चाहिए आप अपनी सर्विस के अंतिम वर्षों में है। अभी तो पोस्ट की सरकारी सुविधाएं हैं, रिटायर होकर आप फिर क्या?

मैं सुप्रीम कोर्ट का रिटायर्ड जज हूं, कहते रहना, करते रहना, तुम्हें कौन पूछेगा तब। हम कुछ और क्या कहें, आपको श्री राघव का मामला तो निपटाना ही है। वह हारे तो तुम्हें क्या मिलेगा और वह जीत गए तो हमें क्या नहीं मिलेगा। मालामाल होने का दरवाजा खुलेगा, बस दो-चार ऐसे केस कर लिए तो लाइफ हमारी और आपकी भी सेट हो जाएगी।

इसी तरह के तर्क वितर्क नीरज और नियारा करते रहे और श्री रवि को रिश्वत का यह बड़ा मौका ना गवाने का मौका कहकर श्री रवि से हां की उम्मीद में बढ़चढ़ कर साम दाम दंड भेद सारे फार्मूले लगाते लगाते, श्री रवि की ओर देखकर अपने इस प्रस्ताव को स्वीकार करने की जिरह करते रहे। नियारा, नीरज श्री रवि की ओर आशा के साथ देखकर उनके रिएक्शन और हां का इंतजार में श्री रवि की ओर देखने लगे। श्री रवि नियारा और नीरज की ओर

देखकर बोले आप मेरे बेटे नीरज, मेरी वाइफ नियारा, आपने जो कहना था और मैंने जो सुनना था, सुन लिया, बस अब और नहीं, अब मेरा निर्णय सुने, नहीं, नहीं मतलब नहीं, ऐसा नहीं हो सकता। मैं ऐसा बिल्कुल नहीं कर सकता, करना तो दूर में ऐसा सोचता भी नहीं।

नीरज, नियारा आप भी सुन ले और नोट कर लें, मैं आगे से आप ही क्या कोई भी इस प्रकार का प्रयास भी करेगा, उसके लिए मेरे घर में, क्या मेरे मन में भी स्थान नहीं होगा। सन्नाटा, चिंतन, ठहराव वे कुछ पलों केबाद बिना कुछ कहे नीरज और नियारा खित्न मन से उठकर जाने लगे, तो श्री रवि नीरज से बोले, नीरज मेरी सलाह है तुम्हें, तुम इन खुराफातों से बाज आए और अपनी वकालत में ध्यान लगाकर आगे बढ़े। पत्नी नियारा से इतना ही कहा, तुमसे मैं बाद में बात करूंगा।

कुछ देर बाद-

श्री रवि - नियारा ये क्या हो रहा है घर में

नियारा - क्या हो रहा है मैं समझी नहीं

श्री रवि - जानकर अनजान बन रही हो

नियारा - साफ-2 कहो

श्री रवि - तुम मुझे जानते हुये भी नीरज की गलत बात को पुश कर रही हो

नियारा - इसमे गलत क्या है, सब करते हैं

श्री रवि - अगर ऐसा सब लोग करते हैं, नहीं करते हैं करें मैं नहीं कर सकता

नियारा - तुम क्या कर सकते हो

श्री रवि - ऐसा तो बिल्कुल नहीं, कतई नहीं

नियारा - आप हमेशा हमें चुप करा देते हैं, एक भी नहीं सुनते, एक भी नहीं मानते

नीरज - पापा डिक्टेटर की तरह बात करते है, हमारी तो क्या मम्मी की भी नहीं सुनते

श्री रवि - तुम मुझ पर अपनी गलत मर्जी नहीं थोप सकते, कह दिया सो कह दिया

नीरज - पापा क्या घर को कोर्ट बना रहे हो

श्री रवि - क्या कहा, बिना सिर पैर की बात क्यों करते हो भाई

नियारा - ये आपकी मनमर्जी नहीं चल सकती हमेशा गुस्सा करके फेम दबा देते हो, पत्नी हूँ तुम्हारी, चपरासी नहीं

श्री रवि - नीरज, तुम भी सुन लो, अब कोई भी मुझे ईमानदरी के रास्ते से हटा नहीं सकता, मैं किसी भी हालत में, किसी से भी बेईमानी मान नहीं सकता

नीरज - पापा आपने हमारी सुनी कब, मानी कब

नियारा - इससे कोई आशा कर सकते हैं, ये सबसे अनोखे है इन्हें तमगे मिलने वाले हैं ईमानदारी और सच्चाई के लिये पर इनसे पेट नहीं भरता, लग्जरी नहीं मिलता

नीरज - मम्मी सही कह रही है

नियारा - अब क्या कहना क्या सुनना। गुस्से से वहां से चली गयी

नीरज - पापा यह आपका आचरण क्या घर में सही है, किसी की तो सुनो, किसी को तो मनो वरना ऐसे ही रह जाना है। गुस्से में वहां से चला जाता है

तीनो श्री रवि, नियारा और नीरज उस समय तो अलग अलग जाकर शान्त हो गए परन्तु नीरज का मन अभी भी हार नहीं मान रहा था, उसे लग रहा था यदि, मैं और मम्मी, होशियारी से मिलकर और प्रयास करेंगे तो पापा की मनाया जा सकता है। ऐसा ही कुछ नियारा के मन में चल रहा था। उसे भी यह लग रहा था, श्री रवि बेकार की जिद पर अड़े हैं। उन्हें रोज-2 के लिये थोड़े ही हम कह रहे हैं। बस एक आध अच्छा मौका और हम सबकी पौ बारह, उन्हें ये ईमानदारी, ईमानदारी की रट लगाये नहीं रखनी चाहिये थोड़ा सा प्रेक्टिकल हो जाये और हमारा काम बन जायेगा, किसे पता चलता है।

नियारा के मन में हाँ होना चाहिए, हो जाना चाहिए नहीं मानेंगे, नहीं हो पायेगा की कशमकश चल रही थी। इसी मन में उधर बुन की तरह तर्क वितर्क या यों कहें, तर्क, कुतर्क चल रहे थे। नियारा मन में निश्चय करके हमें यह इतना अच्छा अवसर जाने नहीं देना हैं, लक्ष्मी खुद चलकर आ रही है उसका स्वागत ना करके उसे जाने दे, यह ही तो हमारे मिस्टर श्री रवि कह रहे है, पर हम नीरज

मिलकर अवसर को जाने ना देंगे। ऐसा मन में विचार और निश्चय करके नियारा कैसे करूँगा ये सब सोचते कब उनको दिन में ही नींद लग गई पता ही नहीं चला।

यहाँ अब नियारा स्वप्न में, उनके मन में जैसा था, जैसा सपना नीरज ने दिखाया था उसे, कुछ वैसा ही अब वो अपनी नींद में देख रही थी। राघव राय अपनी लंबी सी चमचमाती कार में उनके सरकारी बंगले के सामने उतरते हैं। उन्हें मेनगेट पर जाकर नीरज अन्दर लाते हैं, पीछे-2 राघव का ड्राईवर और अंगरक्षक तीन चार सूटकेस और एक सुन्दर सा ब्रीफकेश लेकर उतर कर बंगले के ड्राइंग रूम में आ गये हैं। नीरज अब उन्हें अपनी माँ नियारा को पुकार कर कह रहे हैं, अरे मम्मी जल्दी आओ ये देखो कौन आया है नियारा आकर, राघव राय से सोफे पर बैठने के लिए कहती है, राघव राय धन्यवाद कहकर बैठ जाते हैं उनके ड्राईवर और अंगरक्षक ब्रीफकेश और सूटकेस छोड़कर चले जाते हैं।

नीरज माँ से राघव राय का परिचय कराते हैं, मम्मी ये है मिस्टर राघव राय कानपूर के बिजनेस टाईकुन जिनके विषय में मैंने आपको बताया था, राघव राय के और इंगित होकर सर, ये है मेरी मम्मी मिसेज नियारा बचान, माँ नियारा अभिवादन का जवाब अभिवादन से देती है। नीरज बहुत प्रफुलित दिख रहा है, माँ से कहता है मम्मी इन्ही का मैटर हम डिसकस कर रहे थे। आज ये स्वयं चलकर हम लोगों के लिये सौगात लायें हैं। प्रसन्नता छुपाये नहीं छुप रही नियारा की भी, राघव राय कहते है, इन सूटकेश

में जो मैं आपके लिये लाया हूँ दस करोड़ कैश है और ये जो ब्रीफकेश है उसमे, राजधानी के पोश इलाके रामबाग में 5 BHK डीलक्स फ्लैट। पैन्ट हाउस के पेपर है और साथ भाभीजी आपके लिए डायमंड हार नीरज के लिए डायमंड रिंग। नीरज सूटकेस और ब्रीफकेश खुलने पर ये सब देख कर विस्मित हो जाता है, और नियारा से कहता है, मम्मी आप खुश हैं। नियारा तो ये सब देखकर पहले ही फूली नहीं समा रही थी, अभी ये चल ही रहा था, की राघव राय ने औपचारिक रूप से पूछा आपको पसंद आया ये सब, नीरज और नियारा ने एक साथ कहा बेसक, अति उत्तम, अति सुंदर।

राघव राय अब नीरज से पूछते आपके पापा, माननीय श्री रवि जी से तो आपकी बात हो ही गयी होगी वो कहाँ हैं अभी, नीरज बोल ही रहा था की उसके पापा श्री रवि जी अभी कोर्ट से आने ही वाले हैं। अभी वह यह कह ही रहे थे की श्री रवि, तमतमाते हुये ड्राइंग रूम में आ गए हैं, उन्होंने बंगले के बहार श्री राघव राय की कार देख लिया था और आकर अब ये भी देख लिया था, कुछ भी कहने से पहले उनका श्री रवि जी का माथा ठनका, मेरा बेटा और पत्नी तो ये कांड करने जा रहे हैं, अच्छा है मैं समय रहते पहुंच गया। उन्होंने नीरज, नियारा, राघव राय तीनो से कहा मैं कुछ कहूँ जो आपको अच्छा ना लगे, राघव राय आप यह सब समेटिये और यहाँ से तुरंत निकल जाईये बिना समय गंवाए वरना मुझे पुलिस बुलाकर आप सबको गिरफ्तार कराना पड़ेगा। मन धक् रह गया तीनो का, और अपने इस दिव्य स्वप्न नियारा के मुह से निकला माफ़

कर दीजिए। नियारा ये स्वप्न देख रही, आँख खुली तो मन डरा, कहीं ऐसा होता तो क्या होता, कुछ देर तक नियारा अपने आपको संयम के साथ व्यवस्थित किया, फिर उठकर वाशरूम की ओर बढ़ गयी।

उधर पापाजी से नाराज होकर अपने कमरे आ गया था और राघव राय वाले प्रलोभन को न छोड़ पाने के लिए आतुर था, श्री रवि मान नहीं रहे, उसकी बहन तृषा ने साथ नहीं दिया, इस सबसे बैक आउट कर चुकी थी। अपनी बहन तृषा और बहनोई विवेक से अब तो किसी प्रकार के साथ या सहायता की आशा नहीं रही थी। उसे उसकी माँ नियारा अब तक पूरा सहयोग और साथ दे रही थी। अभी तक उसके पापा की अनुमति तो क्या उनकी ना, उनके गुस्से से नीरज को ना ही लग रहा था, परन्तु मन है कि मानता नहीं, द्वन्द चल रहा था। नीरज इसे गॉड गिफ्ट मानकर इस अवसर और प्रलोभन को जाने नहीं देना चाहता था। पापा को मनाना ही होगा, पापा को मानना ही पड़ेगा। बार-2 अपने आपको स्थिर मन करने का प्रयास कर रहा था, वह निरंतर यही सोच रहा था, कैसे करे क्या करें - पापा मान जाये।

कहानी किसी की तो है

श्री रवि

उनकी पत्नी

उनका पुत्र

परिवार और मोह नहीं रोक पाया

उनके न्याय को

ये कहानी है चीफ जस्टिस ऑफ नेशन

श्री रवि की

जगनन्दन त्यागी

अध्याय - १३

श्री रवि उनकी पत्नी उनका पुत्र परिवार और मोह नहीं रोक पाया उनके न्याय को

इधर श्री रवि अपने स्टडी रूम में बैठे फाइल देख सोच रहे थे। मन नहीं किया, अपने पुत्र नीरज, पत्नी नियारा के व्यवहार ज़िद और रिश्वत लेने के लिये उनपर दवाव बनाने की कोई भी बात उन्हें जरा भी अच्छी नहीं लग रही थी मन अशांत एवं क्षोभ में था। यह तो निश्चित था वह अपनी ईमानदारी से किसी भी तरह का समझौता नहीं करने वाले थे पर माँ बेटे का जिद भरा प्रयास उनके मन को कचोट रहा था, बाहर में अपने कर्तव्य निष्ठा और ईमानदारी के लिए जाने जाते थे। उनकी माँ और पिताजी ने उनको यही संस्कार दिये थे उन्होंने अपनी पुरानी पुस्तैनी सभी जायदाद ट्रस्ट में दे दी थी, कितना बड़ा त्याग था, कोशिश थी, उनका अपना सपना था, ईमानदार जज बनकर देश और समाज की न्याय सेवा करने का और जिसके लिए उनके प्रयास सही दिशा में जा रहे थे। जब से उन्होंने ADJ का कार्यभार संभाला था तब से अब तक उन्होंने सच और इमान का साथ सदैव दिया था, अपने परिवार का पालन पोषण बखूबी ईमानदारी और बिना किसी

गलत आमदनी के सुचारू रूप से करते आ रहे थे। पत्नी ने पहले भी रिश्वत के उन्हें प्रोत्साहित करने के प्रयास जरूर किये थे पर तब भी वो कभी भी विचलित न होकर सच्चाई और ईमानदारी नहीं छोड़ी। कोई समझौता नहीं किया, कभी नहीं, किसी से भी नहीं किसी प्रकार का नहीं, न वो प्रोत्साहित हुए न विचलित, बहुत दवाब आये न झुकना था न झुके, सुदृढ़ सच्चे और ईमानदार जज की छवि बनी हुयी है।

अब मेरा ये परिवार बेटा और पत्नी क्यों तुले हैं मुझे दलदल में डालने की, उनकी निर्थक प्रयास, असफल जिद दवाब इमोशनल ब्लैकमेलिंग क्यों लगे हैं वो इस दिशा में। मुझे भ्रष्ट बनने में ऐसा हो नहीं सकता, ऐसा नहीं होगा, श्री रवि ने अपने आपको और सशक्त किया, और अपने न्याय पथ पर कर्तव्य निष्ठा से ईमानदारी से चलने का उनका संकल्प और अधिक शक्तिशाली हो गया।

उन्हें अपने कार्यकाल की वह घटना आज याद आ गयी जब वो जिला जज थे और एक केश में स्टेट कैबिनेट होम मिनिस्टर का बेटा आरोपी था। उस केस में उनपर तरह-2 के दबाव आए थे, मिनिस्टर ने तो उन्हें देख लेने की धमकी भी दी थी। प्रदेश के मुख्यमंत्री ने भी उन्हें व्यक्तिगत रूप से मिलकर कहा था, परन्तु उन्होंने सुनी सबकी थी और फैसला केस की बुनियादी सच्चाई देख कर किसी भी लालच या दवाव में नहीं किया था। न्याय जगत में बाद में उनके न्याय उचित फैसले पर चर्चा हुई थी।

श्री रवि को याद आ रह था कैसे स्टेट के होम मिनिस्टर ने उन्हें डराते हुये इस केस को रफादफा करने के लिये उनपर

पहले अपने उपमंत्री और फिर स्वयं उन्हें अप्रोच करते हुए कहा था -

होम मिनिस्टर प्रदेश - श्री रवि डिस्ट्रिक्ट जज बोल रहे हैं, हम नवजोत सिंह

श्री रवि - नमस्कार सर, श्री रवि

नवजोत सिंह - हम होम मिनिस्टर प्रदेश

श्री रवि - आपने हमें कैसे याद किया

नवजोत सिंह - आपके पास हमारे भतीजे का (नाम बताते हुए) केस है

श्री रवि - जी सर

नवजोत सिंह - आप से हाथ जोड़कर गुजारिश करते हैं उसे बचायें (नाम लेकर) केस रफा दफा कर उसे जीताएं

श्री रवि - मान्यवर क्या आप हमें न्याय संगत फैसले लेने से मना कर रहे हैं

नवजोत सिंह - ऐसा हम कह नहीं रहे बस हमारा (नाम लेकर) को बचा दीजिए

श्री रवि - कोर्ट फैसला न्याय संगत होता है

नवजोत सिंह - हमें नहीं पता, आप फैसला उसके (नाम) फेवर में करेंगे

श्री रवि - मान्यवर

नवजोत सिंह - जज साहब फैसला हमारे (नाम लेकर) के फेवर ही करना होगा

श्री रवि - मान्यवर आप सीनियर हैं, हमारे प्रदेश के गृहमंत्री हैं आपका सम्मान करता हूँ और आपको विश्वास दिलाता हु फैसला न्याय संगत और सच्चाई पर ही होगा, धन्यवाद

इसके बाद, इसी केस के बारे में सब तरह दवाव बनाने की कोशिश हुई पर केस का फैसला आया, न्यायोचित सच्चाई पर आधारित सब चर्चा भी हुई, अंततय इस केश को हाईकोर्ट और सुप्रीमकोर्ट में भी लाया गया, परन्तु सभी स्तर पर उनका ये फैसला हाईकोर्ट, सुप्रीमकोर्ट ने भी बहाल रखा गया, दोषी को सजा मिली। उनको उस समय आश्चर्य भी हुआ था, जब प्रदेश के होम मिनिस्टर का फोन आया और उन्होंने उनके स्टैंड और न्याय संगत फैसले की भूरी-भूरी प्रसंशा की। श्री रवि ने कुछ नहीं कहा, कहा तो बस इतना 'धन्यवाद' आप सच्चाई और ईमानदारी की इज्जत कर रहे हैं।

यह सोचते हुए वो तन्द्रा से जागे और अपना निश्चय अटल कर लिया, नीरज नियारा का भ्रष्टता का प्रयास सफल नहीं होने देंगे, केस तो राघव राय VS नेशन सरकार, सच और ईमानदारी का ही प्रसंग होगा, मतलब दूध का दूध पानी का पानी बेस पर ही होगा।

यह निश्चय यह धारणा और मन में सोचकर श्री रवि कुछ देर बाहर लॉन में जाकर बैठ गए। मन नहीं लगा वह फिर खिन्न मन से उठकर कुछ देर बाद उठकर फिर अपने स्टडी रूम में जाकर बैठ गये। श्री रवि को यकीन ही नहीं हो रहा था किउनके घर में परिवार में ऐसी स्थिति हो सकती है। उनका पुत्र और पत्नी के मन में भ्रष्टाचार लीन

है, और वे भरसक प्रयास कर रहे हैं, उन्हें भ्रष्टाचार अपनाने के लिए, स्पस्ट रूप से दवाव बनने में लगे हुए हैं। उनकी कर्तव्य निष्ठा और ईमानदारी का उनके मन में कोई रेस्पेक्ट नहीं है। उनका उन दोनों का एकमात्र उद्देश्य लगता है, क्या उनका एकमात्र उद्देश्य उनको पथभ्रष्ट करके रिश्वत लेने के लिए पूर्णतया लीन है। क्या करे, अब श्री रवि बेचैनी के साथ सोच रहे थे, ऐसा क्या करें जो उनका पुत्र नीरज और पत्नी नियारा को भ्रष्टाचार से हटाकर भ्रष्टाचार नहीं, सत्याचर की बात करे, ताकि उनकी वैल्यू और चरित्र पर कोई भी किसी भी प्रकार असर न पड़े।

बहुत देर तक गंभीर मुद्रा में गहन चिंतन करने के बाद श्री रवि अब समय आ गया है, और दूषित न हो, उन्हें पतन से भी बचाया जाना और उन्हें ईमानदारी से भटकने से रोकना होगा, उन्हें उनकी कुलषित मानसिक विचार धारा से हटाकर सत्य और ईमानदारी के रास्ते पर लाना होगा, भ्रष्टाचार करने की सोचना भी भ्रष्टाचार को अपनी विचार धारा में लाना है। श्री रवि स्वयं में सत्य निष्ठा और ईमानदारी के प्रतिमूर्ति थे और नहीं चाहते थे, कतई नहीं चाहते थे उनका अपना पुत्र, पत्नी इस प्रकार ईमानदारी को ताक पर रखकर, भ्रष्टाचार के लिये उन्हें किसी भी तरह का प्रयास करे, उकसाये।

श्री रवि ने काफी कशमकश के बाद मन में अशांति को शांति और निर्णय की दृढ़ता के लिए बिरला मंदिर जाने का प्रोग्राम बनाया और अपनी पत्नी नियारा और पुत्र नीरज को साथ चलने को कहा। आज कुछ अजीव माहोल था घर

का, नियारा और नीरज दोनों ने टालमटोल की, श्री रवि ने उन्हें इससे ज्यादा आग्रह नहीं किया और स्वयं बिरला मंदिर चले गये। मंदिर पहुंचकर कुछ समय वहां मनन किया और मंदिर से वापस आकर घर में कुछ विश्राम किया। श्री रवि अब अपना मन बना चुके थे की किस प्रकार का कठोर निर्णय अपने पुत्र और पत्नी को बताया जाय ताकि वे दोनों इस गलती, भ्रष्टाचार के लिए प्रेरित करने और रिश्वत स्वीकार करने के लिए उत्प्रेरित करने से बाज आये, परन्तु उसे दिन ऐसा नहीं हो सका, नीरज व नियारा ने श्री रवि से कोई बात नहीं की, ना ही अवसर दिया, घर में नाराजगी का माहोल बना रहा। श्री रवि ने भी मौन रहना ही उचित समझा। पर ये क्या अगले दिन जब श्री रवि कोर्ट जाने के लिये तैयार हो रहे थे, अचानक नियारा ने गृहक्लेश करते हुये उनसे क्रोधभाव के साथ कहा, देखिये आप हमारी बात नहीं मानेगे तो हम दोनों ये घर छोड़कर चले जायेगे, रहना अकेले, अपनी ईमानदारी के साथ हम नहीं रहेंगे। इसे कहते हैं त्रिया चरित्र। बिना कुछ कहे वो कोर्ट के लिए निकले, कार में बैठने से पहले नीरज ने पापा को वार्न किया। मनो अगर राघव राय का केश सैटल करने और रिश्वत लेने के लिये सहमत नहीं हुये तो ये परिवार टूट जायेगा। बिना कुछ बोले श्री रवि कोर्ट के लिये प्रस्थान कर गये।

इस बीच राघव राय ने फिर से नीरज को बुलाया राजधानी होटल में और इस बार नीरज को सुनकर स्थिति को भांपकर प्रलोभन की राशी भी बढ़ाया और नीरज को डिस्ट्रिक्ट गवर्नमेंट कौन्सेलर बनाने की भी पेश की क्योंकि

कानपूर में उनकी चलती थी। अब नीरज और नियारा के लालच में मल्टीफोल्ड इजाफा हो गया। उन्होंने श्री रवि को भ्रष्टाचार रिश्वत कांड करने के लिए हरहाल में मनवाने का संकल्प कर लिया। उधर श्री रवि हरहाल में ईमानदारी और कर्तव्य निष्ठा न छोड़ने का निश्चय और अटल निश्चय कर चुके थे।

सांयकाल में श्री रवि घर आए और ड्राइंग रूम में बैठ गये, बिना चाय पिए, नियारा और नीरज को बुलाया और इससे पहले की वो कुछ भी कहे, उन्होंने बहुत स्पष्ट और सरल लहजे में उन दोनों से कहा तुम दोनों जो ये रिश्वत कांड की भूमिका में लगे हो, लालच में डूबकर मुझे भी डूबने के लिए मजबूर करने में लगे हो, ये नहीं हो सकता, कतई भी नहीं, किसी भी सूरत में नहीं, असंभव।

नीरज अपने पिता और नियारा अपने पति के इस स्वरूप को देखकर पहले तो सहम गयी, फिर कुछ साहस करके बोली, नहीं आपको करना पड़ेगा, करना होगा हम मन बना चुके हैं, हमें ये चाहिए बस।

बिडंवना देखिये, भ्रष्ट्राचार अपने हाथ फैलाकर जज साहब को विचलित करने में उनके पुत्र एवं पत्नी को लिप्त करने में, गृहयुद्ध करने में लगा था। जज साहब श्री रवि को अपनों ने घेर लिया था, बस स्वरुप बदला था और ये महाभारत होने जा रहा था।

जज साहब ने कहा अब और नहीं मैं राघव राय, नीरज तुम्हे और नियारा तुम्हे भी स्पष्ट कह रहा हूँ यहीं विराम लगाये वरना मुझे तुम तीनो को एक जज के पथ भ्रष्ट

करने के प्रयास के जुर्म में अरेस्ट भी करा दूंगा। मुक़दमा भी चलेगा।

मैं श्री रवि, चीफ जस्टिस ऑफ़ नेशन, अपने न्याय पथ से विचलित नहीं हो सकता। किसी प्रकार का प्रलोभन मुझे मेरे न्याय मार्ग से नहीं हटा सकता। मैं न्याय पथ पर सत्य और ईमानदारी से चलते रहूँगा, संकल्प लिया है मैंने। किसी भी हाल में विचलित नहीं हूँगा, कभी नहीं नैवर (Never)।

ये केस जिसका यह निर्णय श्री रवि को लेना था, जिसमे राघव राय व सरकार के खिलाफ श्री रवि को रिश्वत उनके परिवार के माध्यम से देकर नेशनल सरकार के खिलाफ जीतना चाहता था जिसकी सिंगल बेंच में श्री रवि थे - का फैसला 3 दिन बाद आया, राघव राय नहीं जीत पाये।

न्याय श्री रवि का था, न्याय हुआ, अन्याय हारा, न्याय हुआ भी और दिखायी भी दिया। श्री रवि सोच रहे थे इस न्याय में कोई कमी नहीं परन्तु प्रभावित्त करने वाले नहीं छूटने चहिये। समय का चक्र चलता रहा....

श्री रवि अपने एस फैसले में बहुत डीटेल के साथ हर पहलु पर हर बिन्दू पर बहुत ही स्पष्ट फैसला लिखा था, अपनी 1000 पेज के फैसले में राघव राय की कम्पनी को दोषी ही पाया और हाईकोर्ट ने फैसले का सही मानते हए राघव राय का केस का हाईकोर्ट का फैसला कायम रखा उनके यथा संगत न्याय संगत फैसले की निष्पक्ष फैसले

की बार कौंसिल सुप्रीम कोर्ट नेशन में बड़ी चर्चा हुई, वकीलों की बड़ी फौज राघव राय को नहीं जीता पायी।

इसी प्रकार उनकी सिंगल सुप्रीम कोर्ट जज बेंच में जितने भी केश आते रहे या आये हुए थे, सबका न्याय पथ पर चलने वाली ये सुप्रिमे कोर्ट जज श्री रवि सटीक, स्पष्ट, निष्पक्ष, सचाई और ईमानदारी के साथ बिना किसी प्रभाव, दवाव के या लालच के, जाल से बचते हुए फैसले देते रहे। न ही झुके, न ही डरे, न ही बिके, न ही विचलित हुए, ये न्याय का प्रहरी, सच्चा प्रहरी बना रहा।

कहानी किसी की तो है

और अब श्री रवि
न्याय पथ पर चलते चलते
बन गये
चीफ जस्टिस ऑफ नेशन

चीफ जस्टिस ऑफ नेशन CJN
न्याय के शिखर पर

ये कहानी है चीफ जस्टिस ऑफ नेशन
श्री रवि की

जगनन्दन त्यागी

अध्याय - १४

चीफ जस्टिस ऑफ नेशन CJN न्याय के शिखर पर

श्री रवि सुप्रीम कोर्ट की विभिन्न बैंचों में तरह तरह के केश, जनता से जुड़े, सरकार से, जुड़े समाज से जुड़ें तरह तरह के केस करते रहे, उनकी सिंगल ब्रेंच और अनेकों बेंचो में उनकी न्याय यात्रा चलती रही। उनके फैसलों में उनकी न्याय विशेषता, न्याय प्रियता, न्याय पथ पर चलते रहने का समय समय पर चर्चा भी होती रही और सच्चा न्याय किया भी करते भी दिखे। जब-2 जैसे केश चर्चा में भी आए वहाँ भी श्री रवि की जनता में और जुडीसरी में नाम होता रहा। इस बीच अब उनके परिवार ने किसी भी तरह की उलझन श्री रवि को नहीं की। उन्हें सबक मिल चुका था, श्री रवि न्याय के पथ से विचलित नहीं किये जा सकते, नहीं होंगे। वे जान चुके थे तीन साल के अन्तराल पर अपने अनेकों तरह के न्याय, ईमानदारी, कर्तव्य के चलते वो सुप्रीम कोर्ट ऑफ नेशन के चीफ जस्टिस ऑफ नेशन बन गये। अब वो नेशन के सर्वोच्य जस्टिस बन गए थे। नेशन में न्याय व्यवस्था में सरकार की दखलअंदाजी बढ़ती दिख रही थी, पुरानी सरकार पदस्थ हो गए थे और सरकार की कार्यप्रणाली पहली की सरकार से अलग थी, नेशन के राष्ट्रपति भी बदल गए थे।

नेशन का संबिधान नहीं बदला और नहीं नेशन का जस्टिस सिस्टम, ऐसे में श्री रवि से नेशन को उनसे बड़ी आशा तो थी ही उनके सामने न्याय प्रणाली की चुनैतियां और संविधान के उलंघन की चर्चायें भी थी। श्री रवि ने चीफ जस्टिस ऑफ नेशन CJN का कार्यभार संभाला और लंबित केशों की समीक्षा की, उन्होंने अपने अधीनस्थ सुप्रीम कोर्ट के सभी जजों से मन्त्रण की मीटिंग की। और प्रथमिकतायें तय की।

श्री रवि ने सुप्रीम कोर्ट की सपोर्ट सिस्टम का भी अबलोकन किया, धीमापन, शीध्रता, प्रचलन, चलन, सुधार सभी जानते थे, न्याय व्यवस्था में कहाँ क्या सुधार होने पेंडिंग केश कम होते जा सकेंगे, आदि-2 उन्होंने सुप्रीम कोर्ट ऑफ नेशन की बार एसोसिएशन से भी विचार विमर्स किया, कोर्ट रजिस्ट्री, अधिवक्ताओं की कार्य प्रणाली अच्छाई और कमियों सबका आलंकन किया। उन्होंने देश (नेशन) के प्रेसिडेंट, वाइस प्रेसिडेंट, प्रधान मंत्री, तीनों से आन रिकार्ड मुलाकात भी की और उन्हें अपनी कार्यशैली के विषय में भी अवगत कराया और सहयोग की अपील भी की। वो नेशन में न्याय व्यवस्था में अति प्रचलन करने के अपने निश्चय का भी आभास दिया।

श्री रवि के कार्यकाल में उनके पास 500 कार्यदिवस थे उसी में जो आज की व्यवस्थाओं में कर सकते हैं, किया जा सकता था, श्री रवि में उससे ढाईगुणा तेजी करने की अपना उद्देश्य बनाया।

पहले 14 दिनों में उनके कार्यभार संभालने, नेशन के सुप्रीमकोर्ट, हाईकोर्ट, जिला न्यायलयों में बदलाव की हवा

महसूस होने लगी, श्री रवि ने अपना पूरा समय न्याय व्यवस्थाओं और न्याय प्रक्रिया को फ़ास्ट करने को अर्पित, समर्पित कर दिया। थोड़ा सा अधिक समय, थोड़ा सा अधिक प्रयास लगते ही जुडीसियरी में पहले से अधिक, पहले से ज्यादा स्पीड से काम होने लगा। ये उनका समर्पित व्यवहार नेशन जुडीसियरी में न्यायक्रांति का सूचक बनते-बनते, जनता में, शासन प्रशासन, धार्मिक संगठन आदि में प्रदर्शित लगने लगा, पेंडिंग केश घटने लगे, खर्च कम होने लगें, नेशन की न्याय व्यवस्था, न्याय प्रणाली सब में होते-2 श्री रवि के 101 कार्य दिवसों में न्याय क्रांति पूर्ण रूपेण दिखने लगी। न्याय होते दिखते और श्री रवि के 101 कार्य दिवस पहले के 1001 कार्य दिवस से तुलनात्मक हो गये।

शिथिलता जाने लगीं!

कहानी किसी की तो है

न्याय यात्रा में
शिथिलता और
निवारण
श्री रवि

ये कहानी है चीफ जस्टिस ऑफ नेशन
श्री रवि की

जगनन्दन त्यागी

अध्याय - १५

न्याय यात्रा में शिथिलता और निवारण

अच्छा हो रहा था, अच्छा होने ही चाहिए परन्तु, शिथिलता अवसर देखती है, धीरे-2 गति कर हर्ष होने लगता है और क्रांति शिथिलता की चपेट में आने का आभाष होने लगा। सरकार में बैठे ऐसे लोगों को जिन्हें शीध्रता गुणकारी न्यायिक निर्णयों से किसी भी प्रकार की हानि होती है या उनके अपने स्वार्थ में अवरोध आता है वो इस न्यायिक क्रांति को शिथिल तह अपने अनुसंसा इस्तेमाल की लालसा करने लगते हैं। यही कुछ ऐसा होना शुरू हो गया, चुप बैठ इंतजार करता भष्टाचार, सब फिर से सिर उठाने लगे।

न्याय जगत से जुड़े लोगों में यह सब देखकर महसूस होने लगा था, कहीं व्यवस्था पुराने ट्रैक पर तो नहीं जा रही है। क्या चीफ जस्टिस ऑफ नेशन, श्री रवि हरि के प्रयास और कानून और न्याय से जुड़े सारे कार्य, न्याय व्यवस्था चरमरा तो नहीं जायेगी, सबमे विश्वास भी था, नहीं लगता श्री रवि CJN ऐसा होने देंगे। बार असोसिएशन से जुड़े कुछ वकील भी ढील के पक्षधर थे परन्तु इन जनरल हर व्यक्ति जो जानता था जिसने देखा भी था

जिया भी था, वो इस सिस्टम में शिथिलता के पक्षधर नहीं थे और यह अपेक्षा कर रहे थे कि श्री रवि चीफ जस्टिस ऑफ नेशन ये जरुर जान रहे होंगे और जल्दी ही नकेल कसकर, कुछ अच्छा करेंगे। नेशन का उनसे आशाएं हैं, वो उन्हें पूरा जरुर करेंगे।

श्री रवि चीफ जस्टिस ऑफ नेशन, समस्याओं से बिल्कुल अनजान नहीं थे, उनका विवेक और कार्य परायणता स्वस्थ थे, उन्होंने अपनी न्याय प्रणाली का आकलन करना, हर दस दिन पर शुरू किया। जो मंत्री, विभागीय अध्यक्ष, पब्लिक में नेता, अग्रणी के बिजनेस टायकुन, जो भी न्याय को प्रभावित करता, उनकी पहचान की जाने लगी, देश के सर्वोच्य मामलो में विशेष कर ध्यान केन्द्रित किया गया, इसका प्रभाव ये हुआ कि ऐसे लोग जिनकी लिप्ता से भ्रस्टाचार और न्याय प्रभावित कर सकने में मुख्य भूमिका होती है। सतर्क हो गये और उनके प्रयासों में सतर्कता आ गयी, वो अब बहुत फुक फुक कर कदम उठाने लगे। अपने लिए नयी नयी कला सीखने में लग गए अपितु उनको फायदा उठाने की नियत और प्रयासों में कोई कमी नहीं हो सतर्कता से चलने की निति जरुर आ गयी। अपराधियों, ब्लैक मार्केटिंग, रिश्वत, चोरी, टैक्स चोरी, बैंक फ्राड, फायदा उठाने वालो और बच निकलने वाले राजनीतिज्ञों, सरकारी अधिकारीयों में बेचैनी बनी रही।

शिथिलता नहीं पा सकी स्थान, सिस्टम कसा रहा न्याय पथ पर चलते-2 देश की न्याय व्यवस्था ही नहीं अपितु शासन प्रशासन में भी ये गति समावेश होता चला जा रहा था।

भ्रष्टाचार और न्याय अन्याय प्रभावित कर सकते, करते रहने, फायदा उठाने वाले वो सभी जो परेशान थे, सोचने लगे, सतर्क ही रहे, और समय निकल जायेगा तब देखेंगे। राजनितिक पार्टियाँ खासकर रूलिंग के बड़े बिजनेस टायकुन के प्रलोभन भी श्री रवि को प्रभावित नहीं कर पा रहे थे। धड़ धड़ा धड़ मर्यादित न्याय सर्कलों, निर्णय आने लगें जिससे बड़े सर्कलो में बेचैनी आ रही थी और नेशन की जनता में न्याय में विश्वास बढ़ गया, बदला जा रहा था।

उच्चतम न्यायलय में ये सब होते होते, न्याय पूर्ण फैसलों से जहाँ जनता रोज-2 खुश होती थी वहीँ अन्यायी व्यक्तियों की रोज रोज छटनी हो रही थी।

साधारण में गुणवत्ता बढ़ी तो, घोटालों में अत्याचारियों, दोषियों, सरकारी, अपराधिक मंत्रियों आदि से जुड़े फैसलों से न्याय जगत में तहलका मच गया। अभी तक श्री रवि के कार्यकाल के 500 कार्य दिवस (Working Days) के 250 शेष थे और उनकी ख्याति नेशनल इन्टरनेशनल कोर्ट्स में फ़ैल चुकी थी, जनता देश की जनता, इंटरनेशनल जगत में उन्हें लोग न्याय देवता के नाम से संबोधित करने लगे थे, कुछ लोग कहने लगे देखने में अभी आखरी कार्य तक कैसे चलते हैं। श्री रवि अन्याय को वैतरणी हारेगी या अंत में गड़बड़ करके निकलेंगे, जहाँ जनता में उनकी छवि न्याय देवता God of Justice की बन गयी। वहीं राजनितिक हलको में व्यापार जगत में उन्हें Killer of Unjustice माना जाने लगा।

श्री रवि ने न्याय के रास्ते के अवरोध तो अपने पुत्र एवं पत्नी को नहीं करने दिया। बड़े-2 बिजनेस टायकुन, पब्लिक फिगर,

राजनेताओं, मंत्रियो, प्रधान मंत्रिओं, राष्ट्रपति, उपराष्ट्रपति अन्य संसाधनों के सामने अडिग रहने के कारण भी अवरोध या विचलित नहीं हुआ। तीन विशेष मुक़दमा केस उनकी तीन बेंच में थे।

1. नेशन सरकार के चुनावी मैनुपलेट के खिलाफ विपक्षी दल का एक ऐसा केश जिस पर सरकार पर संकट तय था।

2. प्रधानमंत्री की सदस्यता से सम्बन्धित जिसमे चुनावी धान्धली के आरोप थे।

3. नेता विपक्ष के विरुद्ध की गयी संसद सदस्यता के विरुद्ध।

उपरोक्त केश चीफ जस्टिस ऑफ नेशन की, तीन डिफरेंट बैचो में थे। तीनो ही केश अति विशेष थे।

तीनों की न्यायिक प्रक्रिया पूर्ण हो गयी थी और तीनों ही को फैसला आने थे, जोकि सरक्षित थे। पूरा देश आशश्वत, क्या होगा। मिडिया में विभिन्न विवरण, सोसल मिडिया बहुत ही एक्टिव। सरकार ने अपने सभी प्रयास कर लिए थे। यहाँ एक बात बताना आवश्यक है, पहले की तरह तीनो बैचो में किसी भी तरह की टिप्पणी नहीं, केवल सुनवाई सवाल, सबूतों पर चर्चा, पूर्ण न्याय प्रक्रिया में जजों की ओर से टिप्पणी नहीं।

आज तीनो केस फैसलों की तिथि थी। न्याय होना, न्याय संगत न्याय दिखना जरुरी होता है।

कहानी किसी की तो है

चीफ जस्टिस ऑफ नेशन

और उनके वो

तीन फैसले

ये कहानी है चीफ जस्टिस ऑफ नेशन

श्री रवि की

जगनन्दन त्यागी

अध्याय - १६

चीफ जस्टिस ऑफ नेशन और उनके वो तीन फैसले

तीनों ही विशेष केस थे, पूरे नेशन देश में, माहौल तनाव पूर्ण रहा है, उत्सुकता है जन मन में, सरकार में राजधानी में, कानून के जानकारों में, मिडिया जन सुबह से सुप्रीम कोर्ट पर इन तीनो फैसले के आने का इंतजार में एक टक लगाये बैठे हैं। क्या होगा अगर सरकार हार गयी, या सरकार पर आक्षेप लगा है वह सही है। पी. एम. की संसद सदस्यता बहाल होगी तो ये उनकी वोट में भी कोर्ट में भी बड़ी जीत होगी, उनका लोकप्रियता और बढ़ जायेगी और कहीं अगर पी. एम. की सदस्यता रद्द हो गयी जिसके चांस कम ही तो, ये तो न्याय का कमाल हो जायेगा, फिर तो इमरजेंसी लगना तय मान लो। संसद सदस्यता तो अपोजिसन नेता की रद्द की गयी जबकि संसद सदस्यता बहाल करने की याचिका सुप्रीम कोर्ट में आज ही इस पर भी फैसला होना, आना है। इन तीनो की विशेष केस थे, इनके फैसलों पर दामोदर है, नेशन देश की राजनीति किस करवट बैठने वाली है। इस पर हर जगह चर्चा गर्म थी। या तो वर्तमान सरकार और मजबूत बनकर उभरेगी या फिर पतन बड़ा भी हो सकता है जिसकी संभावना नहीं है न के बराबर है।

सिस्टम अलर्ट, जनता उत्सुक राजनितिक हलकों में सुगबुगाहट और चेहरों पर शिकन, मन में दुविधा, क्या होगा अगर सबसे ज्यादा चिंतित वो थे जिनकी संसद सदस्यता न्यायिक पलड़े पर टिकी थी। जनता में ये विश्वास था, श्री रवि चीफ जस्टिस ऑफ नेशन तो न्याय के देवता हैं, फैसले तो सच के लिए सुप्रीम कोर्ट में गहमा गहमी।

मंत्रालय में गहमा गहमी और तनाव। राष्ट्रपति भवन में स्थिति पर नजर, राष्ट्रपति के कार्यालय की स्थिति करके राष्ट्रपति आज राष्ट्रपति भवन में थे। सेना के तीनों चीफ अलर्ट पर, राजधानी में अजब स्थिति, प्रेस, सुप्रीम कोर्ट के बाहर मतलब मिडिया अलर्ट और मुस्तेद।

ये तीनो के आज सुप्रीम कोर्ट में फैसलों के लिए लिस्टेड थे। पहला, 2 बजे सायं दूसरा तीन बजे सायं और तीसरा चार बजे सायं।

सुप्रीम कोर्ट की सुरक्षा बढ़ाई गयी थी, अलर्ट भी थी। बार कौंसिल सुप्रीम कोर्ट के अध्यक्ष भी स्थिति पर पूरा ध्यान लगाये थे। आज लगभग हर मंत्री अपने-2 कार्यालय में मौजूद थे। पुलिस पूरे शहर में मुस्तैदी से लगे थे। आज नेशन देश का सुप्रीम कोर्ट पूर्ण रूपेण अपनी आभा बांये हुए लग रहा था। समय चक्र चल रहा तो उसे तो करना था सो कर रहा था और अब चीफ जस्टिस ऑफ नेशन श्री रवि तोनो VVIP के फैसले सुनने वाले थे। पहला फैसला 2 बजे आना था, आया श्री रवि चीफ जस्टिस ऑफ नेशन की पहली बैंच के साथ तीनो केस के फैसले, केस वाइज।

कहानी किसी की तो है

सुप्रीम कोर्ट के तीन फैसले

नेशन की सरकार गिर गयी

राष्ट्रपति शासन

आ गया

मध्यवती चुनाव का

आदेश

ये कहानी है चीफ जस्टिस ऑफ नेशन

श्री रवि की

जगनन्दन त्यागी

सुप्रीम कोर्ट के तीन फैसले नेशन की सरकार गिर गयी राष्ट्रपति शासन आ गया मध्यवती चुनाव का आदेश

फैसले होने सुरु हुए-

1. सरकार चुनाव प्रभावित करने के कारण दोषी करार 55 सीटों पर चुनाव रद्द।

2. प्रधानमंत्री की संसद सदस्यता रद्द। 6 साल चुनाव नहीं लड़ सकेंगे

3. नेता प्रतिपक्ष की संसद सदस्यता बहाल, चेतावनी के साथ

ये तीनों न्यायिक निर्णय सरकार के खिलाफ आये। सरकार अल्पमत में, प्रधानमंत्री की संसद सदस्यता रद्द होने से अयोग्य नेता प्रतिपक्ष की संसद सदस्यता बहाल।

सरकार चली गयी, राष्ट्रपति शासन लागु हो गया पूरे संसार में इन ट्रिपल फैसलों की समीक्षा की जाने लगी और श्री रवि तो न्याय देवता जनता की नजर में बन गए।

वर्तमान सरकार ने नेशन में इमरजेंसी लगाने का प्रयास भी किया गया जो स्वीकृत नहीं हो पाया, सरकार को जाना ही था चली गयी, राष्ट्रपति शासन लग गया, न राष्ट्रपति न सुप्रीम कोर्ट सरकार को बचाया नहीं, नेशन में राष्ट्रपति शासन।

सरकार चली गयी, इतनी आसानी से नहीं केबिनेट में श्री रवि का पदमुक्त करना उन्हें दवाव में लेने, डराने, धमकाने के अपरोक्ष, परोक्ष रूप में किये गए, सरकार ने सब तरीके अपनाये, आपातकाल लगाने की प्रयास भी किया गया, परन्तु फैसले इतने सटीक थे किसी भी तरह सरकार गिरनी ही थी, गिर गयी और देश में राष्ट्रपति शासन लग गया।

कहानी किसी की तो है

चुनाव आयोग के विमुख
फैसला
सुप्रीम कोर्ट के सिटिंग जज आलोक गांगुली
अध्यक्षता में चुनाव कराने का आदेश

ये कहानी है चीफ जस्टिस ऑफ नेशन
श्री रवि की

जगनन्दन त्यागी

चुनाव आयोग के विमुख फैसला सुप्रीम कोर्ट के सिटिंग जज आलोक गांगुली अध्यक्षता में चुनाव कराने का आदेश

राष्ट्रपति शासन लगाया गया, प्रधानमंत्री की सदस्यता रद्द हो गयी थी, उन्हें केयर टेकर PM रखने के प्रयास हुये, परन्तु राष्ट्रपति ने संसद के सबसे वरिष्ठ ऍम.पी. एवं उप प्रधानमंत्री गिरिजा शंकर पुरोहित को केयर टेकर उप प्रधानमंत्री नियुक्त किया। राष्ट्रपति का नोटीफिकेशन हो गया। अब चुनाव आयोग को जल्दी से जल्दी चुनाव समाप्त कराने का निर्देश दिया गया।

चीफ जस्टिस ऑफ नेशन की और सरकार गिरने की न्याय पूर्ण निर्णय प्रधानमंत्री को केयर टेकर न बनाने की चर्चा चल रही थी। इसी बीच चुनाव आयोग के विरुद्ध निष्पक्ष चुनाव ना कराने, 55 सीटों की धांधली में लिप्त होने की याचिका जोकि एक निर्दलीय रामा डी. के. बोरा जी की, पर सुप्रीम कोर्ट में सुनवाई कर याचिका स्वीकृत हो गयी थी। स्थिति पहले से ही सरकार भंग हो चुकी। पी. एम. को कार्यकारी प्रधानमंत्री नहीं बल्कि उप प्रधानमंत्री को

केयर टेकर तथा नेशन में राष्ट्रपति शासन लग चुका था। शीघ्र पार्लियामेंट इलेक्शन कराने का निर्देश चुनाव आयोग को दिया जा चुका था। अब चुनाव आयोग सुप्रीम कोर्ट में अनेक आरोपों की याचिका स्वीकृत हो जाने से राजनीति संसार हिल गया।

श्री रवि की बेंच को यह केस सुनना था और फैसला देना था, नेशन की संविधान की प्रक्रियाओं, चुनाव जल्दी कराने, नयी सरकार का जल्दी से जल्दी गठन हो ऐसी परिस्थितिओं में श्री रवि चीफ जस्टिस ऑफ नेशन ने इस केस को सिध्रतम फाइनल करने का निर्णय लिया, श्री डी.के. बोरा ने भी सुप्रीम कोर्ट से उनकी चुनाव आयोग के विरुद्ध याचिका शीघ्र निर्णय की अपेक्षा की।

श्री रवि CJN बेंच ने केस की सुनवाई, आरोप प्रति आरोप, सबूतों, गवाहों से तहत तथा जजों की शीघ्रतम केस की पूरी सुनवाई लगातार तीन दिन में पूरी की और कोर्ट का फैसला चुनाव आयोग के विमुख ही आया जिसमे मुख्य चुनाव आयुक्त, एक चुनाव आयुक्त एवं कुछ चुनाव आयोग के अधिकारीयों को दोषी करार दिया गया और सुप्रीम कोर्ट से सिटिंग जज आलोक गांगुली की अध्यक्षता में चुनाव संपन्न कराने का आदेश दिया गया।

देश श्री रवि की ईमानदारी, न्याय प्रियता, निष्पक्षता का कायल था और अधिक विश्वास और अधिक विश्वसनीयता मानने लगा, उनके ये तीन केस जिसके कारण सरकार चली गयी। प्रधानमंत्री की संसद सदस्यता चली गयी वो 6 साल के लिए चुनाव लड़ने के अयोग्य हो गये और चुनाव आयोग

की Restraction हो गया, अब पब्लिक में यह धारणा बन गयी कि नेशन की जनता को पूर्णरूपेण सही, न्याय मिला है, अब उन्हें नयी पार्लियामेंट चुनने का अवसर निष्पक्ष चुनाव आयोग के द्वारा मिल गया।

नेशनल इंटरनेशनल लेवल पर नेशन की स्वतंत्रता न्याय प्रणाली और CJN की विशेष कार्यपरायणता एवं ईमानदारी का सिक्का जम गया। श्री रवि को न्याय का देवता (God of Justice) तो पहले से ही कहा जाने लगा था।

कहानी किसी की तो है

श्री रवि

चीफ जस्टिस ऑफ नेशन

दीक्षान्त समारोह के

Chief Guest

या कहानी है चीफ जस्टिस ऑफ नेशन

श्री रवि की

जगनन्दन त्यागी

अध्याय - १९

श्री रवि चीफ जस्टिस ऑफ नेशन दीक्षान्त समारोह के Chief Guest

आज मकर संक्रांति के दिन श्री रवि CJN को Nation Law University के दीक्षान्त समारोह में मुख्य अतिथि के रूप में बुलाया गया था। यूनिवर्सिटी में प्रसन्नता का वातावरण लग रहा था, लॉ की फाइनल डिग्री का वितरण जो श्री रवि CJN के हाथो होना है, स्टूडेंट में ख़ुशी की लहर थी हरेक कोई उत्साहित था उन्हैं आज श्री रवि द्वारा डिग्री मिलने का शौभाग्य जो मिल रहा है, उनके न्याय देवता गॉड ऑफ जस्टिस को देखने और सुनने का अवसर मिल रहा था नेशन यूनिवर्सिटी ऑफ लॉ का कन्वोकेशन आज था, पूरा कांफ्रेंस हाल आज फाइनल ला डिग्री पाने वाले एवं अन्य सभी स्टूडेंट्स छात्रो, गणमान्य जनों से हाल भरा था। स्टेज मंच पर केवल तीन व्यक्ति विशेष श्री रवि मुख्य अतिथि वाइस चांसलर श्री जोसेफ और रजिस्ट्रार यूनिवर्सिटी श्री सुलेमान निर्धारित समय पर उद्घोष हुआ और वाइस चांसलर श्री जोसेफ ने अपनी संक्षिप्त ब्रीफिंग के बाद मुख्य अतिथि श्री रवि चीफ जस्टिस ऑफ नेशन जिन्हैं देश की जनता न्याय देवता के रूप में संबोधित करने लगे थे, से आग्रह किया व स्वागत किया संबोदित

करते हुए उनसे दीक्षान्त समारोह में बोलने के लिए आमंत्रित किया।

श्री रवि का भाषण बहुत ही संक्षिप्त था, उन्होंने स्टूडेंट से आमुख होते हुए कहा आप को भविष्य के न्याय व्यवस्था को सुदृढ़ बनाये रखने में, न्याय प्रक्रिया में विभिन्न स्थानों पर न्याय के लिए समर्पित रहना होगा। आप अगर ईमानदारी से अपना कार्य एवं ज़िम्मेदारी निभाएंगे तो कोई भी किसी भी प्रकार का अवरोध नहीं रोक पायेगा। आपको अपने न्याय पथ पर चलते हुये, आपको देश को समाज को बहुत अपेक्षाए हैं इसके बाद उन्होंने दीक्षान्त समारोह में स्टूडेंट को ला फाइनल की डिग्रियां वितरित की और उसी कार्यक्रम में टॉपर स्टूडेंट तक्ष गुप्ता को कुछ कहने का मौका मिलने पर उसने केवल इतना कहा मैं श्री रवि जिन्हें मैं अपने रोल मोडल मानता हूँ के स्थापित किये रखे न्याय पथ पर चलते हुए पाना 100% दूंगा, धन्यवाद के बाद समारोह समाप्त हो गया। पूरी यूनिवर्सिटी में श्री रवि ही केंद्र बिंदु बने हुये थे।

देश में राष्ट्रपति शासन चुनाव की गहमा गहमी, अनेको दल अपना अपना मैनिफेस्टो, क्या करेंगे चुनाव जीतकर प्रत्याशियों के, पार्टियों के तरह-2 के चुनावी वादे, जुमलो, कटाक्ष, कोसने की तरह-2 की कोशिश चलता रहा, क्योकि जनरल इलेक्शन चुनाव सुप्रीम कोर्ट के सिटिंग जज जस्टिस आलोक गांगुली की देख रेख में हो रहा था, पहले के चुनाव से स्थिति थोड़ी भिन्न थी, चनाव

आयोग से चुनाव कराने में लगा हुआ था, जनता को आभास भी हो रहा था, भाषा पर नियंत्रण, गलतियां पर तुरंत माफ़ी और सुधार का अधिक उपयोग, सिस्टम में अनुशासन जनता में जागरूकता और आचरण में आचार सहिंता का इस बार इस इलेक्शन में स्पष्टया हो रहा और दिख भी रहा था।

कहानी किसी की तो है

नेशन देश का मध्यस्थी चुनाव

निष्पक्ष संपन्न हुआ

न किसी को बहुमत

न हीं कोई सबसे बड़ी पार्टी

निर्दलीय आधे से अधिक

क्या नेशनल सरकार आयेगी

ये कहानी है चीफ जस्टिस ऑफ नेशन

श्री रवि की

जगनन्दन त्यागी

अध्याय - २०

नेशन देश का मध्यस्थी चुनाव निष्पक्ष संपन्न हुआ न किसी को बहुमत न ही कोई सबसे बड़ी पार्टी निर्दलीय आधे से अधिक क्या नेशनल सरकार आयेगी

श्री रवि का नेशन देश का पार्लियामेंट का चुनाव सुप्रीम कोर्ट के सिटिंग जज जस्टिस के देख रेख में कराने का गजब असर दिखा, चनाव में कही से भी हिंसा, रिगिंग, कानून व्यवस्था ख़राब करने या मार पीट की घटनाये बहुत ही गिनी चुनी २ या ३ ही घटना रिपोर्ट में आए जिन्हें चुनाव अधिकारीयों, पुलिस, प्रशासन ने तुरंत हल किया और चुनाव शांति पूर्ण, और ईमानदारी चुनाव की दिखायी दी पब्लिक ने भी महसूस किया पब्लिक को सपोर्ट, प्रशासन का चुस्त दुरूस्त रवैया चुनाव में लगे कर्मचारियों की दूरन्दशा उत्तम प्रकार की रही चुनाव लड़ते प्रताशियों, राजनैतिक दलों जनता (वोटरों), सभी मानो इस वार शांतिपूर्ण चुनाव होने के कॉम्पीटिशन में लगे। बढ़ चढ़ कर वोटिंग हुई, चुनाव इस प्रकार हुआ की किसी को शिकायत नहीं। राजनैतिक लोगों खासकर नेशनल पार्टियों के ज्यादातर प्रत्याशियों की हार,

बदमाश और अपराधी प्रविती एवं अपराधिक रिकॉर्ड दल वाले जयादातर प्रत्याशी चुनाव हारे अति बूढ़े पर पावर हंगरी नेताओ जो जमकर चुनाव लड़े, वो जमकर चुनाव हारे। कुछ की तो जमानत भी जब्त हो गयी। इस बार के चुनाव में ऐसा लग रहा था मानो जनता ने भी और प्रशासन, चुनाव आयोग अच्छा प्रदर्शन करने में होड़ लगी हुयी है। चुनाव आयोग के अध्यक्ष मूल दर्शक बने यह प्रलय देख रहे थे। उनकी सुव्यवस्थित, निष्पक्ष चुनाव न करा पाने के पिछली सारी की पोल खुलती प्रतीत हो रही थी। इस वार भी चुनाव, चुनावी वोटिंग मशीन EVM से हुए, परन्तु एक आधा छोड़कर कोई शिकायत नहीं आई, चुनाव तो बिल्कुल निष्पक्ष लगा था, चुनाव आयोग निष्पक्ष चुनाव करा रहा है। कराकर ही रहेगा। इस चुनाव में एक विशेष आर्डर का सबसे ज्यादा असर दिख रहा था, चुनाव में लगे कर्मचारी और अधिकारी, प्रशासन और शासन के कर्मचारी एवं अधिकतर जो भी गलती गलत पाया गया उसका तुरंत निलंबन और वेतन वृद्धि नहीं मिलेंगे। अगर लिप्तता पकड़ी जाती है तो कठोर कैद तुरंत मिलेंगे, जनता का विश्वास चुनाव आयोग में बहुत ज्यादा हो गया है लगता था।

देश में इस वार चुनाव निष्पक्ष हुआ है, अब वोटो की काउंटिंग और तुरंत रिजल्ट डीक्लेयर होगा ऐसा अपेक्षित था, और हुआ भी यही, ऐसा ही।

चुनाव तो निष्पक्ष हुआ है ऐसा जनता के मन में विश्वास हुआ पाया गया। पार्लियामेंट के इस इलेक्शन में किसी भी एक दल को बहुमत नहीं मिला और

आश्चर्यजनक ये रहा की ज्यादातर ईमानदार निष्पक्ष छवि वाले जयादातर निर्दलीय चुनाव जीते। दो बड़ी पार्टियों के बराबर प्रत्यासी जीते, कोई सबसे बड़ा दल नहीं बन पाया। अलग-अलग पार्टियों ने अपने -2 प्रधानमंत्री फेस घोषित किये, वो सब चुनाव हार गए, पार्लियामेंट में सबसे ज्यादा नवयुवक, स्वक्छ छवि, विभिन्न समुदायों से प्रत्यासी जीते, निर्दलीय सबसे ज्यादा।

इस चुनाव एक ओर विशेष बात ये रही की हिंसा की घटनाये बहुत कम हुई, कुछ अधिकारी का निलंबन हुआ और सबसे बड़ी बात चुनाव खर्च इसके पहले के चुनाव के मुकाबले 35% रहा, जो की एक अच्छी शुरुआत मानी गयी।

सरकार बनाने के लिए किसी के पास बहुमत नहीं, सबसे बड़ी कोई पार्टी कोई नहीं। जोड़ तोड़ की भी ज्यादा गूंजाइस नहीं लग रही थी। क्योंकि चुनाव आयोग, सुप्रीम कोर्ट, राष्ट्रपति, उपराष्ट्रपति अब ऐसा होने नहीं देंगे। संसद में नव नियुक्त क्वालिफाइड मेम्बर, निर्दलीय ऐसे में अबकी बार नेशनल सरकार बनाने की चर्चा ये जोर पर आ गयी।

चुनाव समाप्त हुआ

किसी को बहुमत नहीं

कोई बड़ा दल नहीं

निर्दलीय आधे से ज्यादा

नेशनल सरकार बनने की ओर

कहानी किसी की तो है

कुछ जानकारी
श्री रवि परिवार की
उनके मित्र की

ये कहानी है चीफ जस्टिस ऑफ नेशन
श्री रवि की

जगनन्दन त्यागी

अध्याय - २१

कुछ जानकारी श्री रवि परिवार की उनके मित्र की

इस बीच श्री रवि के पुत्र नीरज, पिता के द्वारा उसकी भ्रष्टाचार की बातो की अमान्य करते रहे, उसकी पृष्ठभूमि भी बदली, समय ने उसे सिखा भी दिया उसके पिता श्री रवि, अपने न्यायपथ से विचलित नहीं होने वाले, पिता द्वारा उसको समय समय पर समझाते रहने से वो भी शान्त होकर अपने वकालत के प्रोफेशन में एकचित होकर लग गए और अपने पिता द्वारा बताये और दिखाए रास्ते पर चलने का प्रयास करते करते अपने पिता समान तो नहीं अपितु ईमानदारी के राह पर चलने लगा, श्री रवि ने जब देखा उनका पुत्र नीरज अब अपनी कैरियर में ईमानदारी और एकाग्र के साथ हो गया है उन्होंने चैन की सांस ली, कलांतर में नीरज की शादी मिनाली से हो गयी जोकि उसकी क्लास फैलो रही थी। और स्टेट जुडीसरी सर्विस में कार्यरत थी। दोनों का दाम्पत्य जीवन सरल सहज रहा और उनके एक पुत्र हुआ जिसका नाव उसके दादा जी श्री रवि ने निर्भय रखा। नीरज अपने परिवार के साथ कानपूर में रह रहे हैं।

श्री रवि की पुत्री तृषा हैदराबाद में थी वो अपने बैच में प्रोमोशन पाकर अपने पति विवेक के साथ लंदन शिफ्ट हो

गयी थी उनके दो बच्चे बड़ा पुत्र श्री और छोटी पुत्री Nini थी जोकि साथ रहकर लन्दन में पढ़ रहे थे। तृषा और उसके पति श्री रवि के पास साल में एक बार जरुर आते जाते रहते थे। तृषा अपने जीवन अपने परिवार में मगन और खुश थी। तृषा और विवेक जब-2 श्री रवि की न्याय जगत की उपमाये और अप्प्रीसियेशन सुनते थे तो वो श्री रवि पर गर्व करते थे।

श्री रवि की पत्नी नियारा अब पुरानी बाते पति के साथ मित्रता की बाते, उनकी भ्रष्टाचार के लिए प्रेरित करना, झगड़ना, नाराज होना, नीरज के साथ श्री रवि पर दवाव बनाना सब छोड़कर अपने पाती के आदर्शों, कार्य परायणता, समर्पित सेवा भाव और राष्ट्र के प्रति न्याय के प्रति समर्पण के कारण उनका अब पूरा साथ दे रही थी और समय पर अपने पति श्री रवि की न्याय प्रियता, न्याय में ईमानदारी की सराहना भी करने लगी थी। परिवार सामान्य चल रहा था, श्री रवि के साथ।

कहानी किसी की तो है

चर्चा चुनाव की
नेशनल सरकार बनाने की
संसद सदस्यो के एकमत
निर्णय की

ये कहानी है चीफ जस्टिस ऑफ नेशन
श्री रवि की

जगनन्दन त्यागी

अध्याय - २२

चर्चा चुनाव की नेशनल सरकार बनाने की संसद सदस्यो के एकमत निर्णय की

श्री रवि के बचपन के मित्र सहपाठी भगवान दास जो कि एक समाज सेवी, सरल व्यक्ति थे, मिलने आते रहते थे। श्री रवि के खास मित्र और सलाहकार हालाँकि वो सलाह कम उनकी सुनते ज्यादा थे। उनकी मित्रता पक्की थी अपितु भगवान दास ने श्री रवि के कार्य में कभी दखल अंदाजी नहीं की, नियारा को वो भाभीजी और नीरज को बेटाजी, तृषा को बेटी जी कहते थे, और परिवार में उन्हें यह अहसास दिलाते थे की वो परिवार ही है। भगवान दास की समाजिक सेवाए भी अक्सर नेशन के राजनीति परिवेश में चर्चा का विषय रहती थी। भगवान दास को कोई संतान नहीं थी, उनकी पत्नी का निधन हो चुका था और वे अकेले राजधानी में ही रह रहे थे।

भगवान दास मित्र थे परन्तु उन्होंने किसी भी प्रकार का किसी के भी लिए, कभी भी अपने मित्र श्री रवि चीफ जस्टिस ऑफ नेशन के न्याय प्रक्रिया में हस्तक्षेप या प्रभावित करने का प्रयास नहीं किया था।

हाँ तो बात की जाये, देश की राजनीति की और श्री रवि CJN के निर्णय फैसलों के प्रभाव की उनके निर्णय फैसलों के कारण, वर्तमान सरकार अल्पमत में आकर गिर गयी, निर्वतमान प्रधानमंत्री का संसद सदस्यता ख़ारिज हुयी, निष्पक्ष और निर्भीक चुनाव सुप्रीम कोर्ट के सिटींग जज की निगरानी में हुयी, चुनाव में धांधली रिगिंग, पैसे का दुरूपयोग नहीं अपितु पूर्ण कंट्रोल, लड़ाई नहीं के साथ चुनाव संपन्न।

भगवान दास का भी यही मत था की अबकी बार देश में नेशनल सरकार बने। किसी एक दल की नहीं किसी गठबंधन की नहीं अपितु पूरी पार्लियामेंट जिसमे सब की सहमती हो, वैसी सरकार बने, और प्रधानमंत्री उस व्यक्ति को बनाया जाय जिसका एक नेशन निर्भीक, स्वतंत्रता विचारधारा, पढ़ालिखा समझदार सब विचार धाराओ वालो को, दलो को, निर्दलीय को, न्याय प्रिय एवं सब धर्म के अनुयायिक को स्वीकार हो।

ये एक जटिल समस्या थी, ऐसा व्यक्ति कहाँ से लाये जो ऐसा हो वैसा हो। परन्तु सब को स्वीकार्य हो।

जब सभी मेम्बर ऑफ पार्लियामेंट शपथ ले चुके, सरकार गठित नहीं हुयी, राष्ट्रपति ने नव निर्वाचित संसद सदस्यों की मीटिंग बुलाई और उसमे यह कहा आप सब मिलकर उस व्यक्ति का चुनाव करे जो प्रधानमंत्री का कार्यभार संभाल सके, प्रोटेम स्पीकर का चुनाव कर ले ताकि पार्लियामेंट की सर्व दलीय निर्दलीय नेशनल सरकार का गठन हो सके।

संसद में किसी को बहुमत नहीं, आधे से ज्यादा चुनी हुई संसद सदस्य निर्दलीय, किसी पार्टी को अधिक सीट नहीं, ऐसे में विभिन्न दलों के चुने हुए संसद सदस्य ने अपने-2 दल से इस्तीफा देकर निर्दलीय संसद सदस्य बन गए, इस कारण से ऐसा होने से संसद निर्दलीय सदस्यों की हो गयी, संसद में सभी सदस्य निर्दलीय, कोई दल नहीं, कोई ग्रुप नहीं, सोलहवी, पहली संसद बनी जिसमे सारे संसद सदस्य निर्दलीय धर्म निरपेक्ष अपने अपने क्षेत्र के उच्च कोटि के नेता समाज सेवक, किसान, व्यापारी, शिक्षक, आदि-आदि और सबसे बड़ी बात संसद में आधे से अधिक नव युवक नव निर्वाचित सदस्य, इस बार सबसे अधिक आयु 65 वर्षीय श्री नारोंदर दास थे जो इस बार अपना सांतवा लोकसभा चुनाव जीतकर आए थे। संसद में सबसे युवा 27 वर्षीय दक्ष धीरज थे। इस प्रकार इस संसद में सासरे सदस्य 27 से 65 वर्ष के बीच थे। सबसे युवा संसद देश को बहुत सारी आशाए।

नेशनल सरकार बनाने का प्रस्ताव पास हुआ

401 पार्लियामेंट मेम्बरों में 400 एक प्रत्याशी के निधन के कारण सिर पर राजधानी को एक सिट पर चुनाव स्थगित हुआ था। नव निर्वाचित 400 सदस्यों से चर्चा हुई, और काफी लंबी डिस्कशन होने के बाद, यह प्रस्तावित पास हुआ, की श्री रवि चीफ जस्टिस ऑफ नेशन को नव निर्वाचित सदन का नेता चुनकर उन्हें नेशन देश का प्रधानमंत्री पद स्वीकार करने की अपील रिक्वेस्ट की जाए और स्थगित चुनाव वाली सिट से वो चुनाव लड़ कर MP

बनकर आए। प्रस्ताव के फेवर में सभी 400 MP ने हाँ कहा पर जब श्री रवि CJN को इस प्रस्ताव को स्वीकार कर CJN से इस्तीफा देकर देश का प्रधानमंत्री का पद स्वीकार कर देश का शासन चलाये। नेशन सरकार संगठित करे। श्री रवि जिन्हें नव निर्वाचित संसद सदस्यों की बैठक में विशेष अतिथि के रूप में बुलाया गया था। एक स्वर, एक विकल्प, सभी सदस्यों ने श्री रवि की ओर देखा जो यह प्रस्ताव पाकर अपनी सिट से खड़े हुए।

सभी सदस्य (संसद) ये सोच रहे थे ये प्रस्ताव स्वीकार करेंगे और देश के प्रधानमंत्री बन जायेगे व देश का सौभाग्य होगा, उसे एक ईमानदार कर्तव्य निष्ठ न्याय प्रिय प्रहरी मिलेगा, जो देश का प्रधानमंत्री बनकर सर्व सर्वरूपेण सरकार गठित करेंगे और देश की अर्थव्यवस्था को वास्तविक करेगा, देश को उनसे बचायेगा।

संसद में गहमा गहमी, सभी की एक राय एक स्वर सभी श्री रवि को प्रधानमंत्री का पद स्वीकार करने की आशा लिए, उदघोष का इंतजार कर रहे थे।

श्री रवि कुछ देर चुपचाप खड़े रहे और संसद में उपस्थित संसद सदस्यों को देखते रहे। अब श्री रवि ने कहना शुरू किया, उन्होंने पूर्ण संसद को संबोधित करते हुये कहा, मैं सभी माननीय सदस्यों का उन्हें देश के प्रधानमंत्री पद स्वीकार करने का अवसर देने के लिए धन्यवाद करता हूँ और मैं गर्व महसूस कर रहा आप सबने मुझे देश की बागडोर सँभालने के काबिल समझा, परन्तु मैं तहे दिल से शुक्रिया के साथ कह रहा हूँ। मैं यह आग्रह

स्वीकार नहीं कर सकते, इस संसद में राजनिति के अनेक गणमान्य सदस्य है जिन्हें उनकी राजनीति समझ उनकी ईमानदारी, अनुभव के लिए जाना जाता है। इसी पार्लियामेंट संसद में है, उनमे से आप अपने विवेकानुसार चुन सकते है नेशनल सरकार के प्रधानमंत्री के रूप में।

श्री रवि ने अपना संक्षिप्त परन्तु गहरा संदेश वाला संबोधन समाप्त किया और हाथ जोड़कर संसद से क्षमा मांगी उनका प्रस्ताव न मनाने के लिये।

पूरी संसद अवाक्, शाक क्षुब्ध, विश्वास न कर पाने की स्थिति में कुछ समय में ही विभिन्न सदस्यों ने उठकर, व्यक्तिगत आग्रह करने लगे, श्री रवि शान्त हाथ जोड़कर कह रहे और पूरी संसद को संबोधित करते हुए कहने लगे, मुझे क्षमा करे, और पार्लियामेंट से ही अगला प्रधानमंत्री चुने, उपयुक्त सदस्यों की कमी नहीं है नेशन में, पूरी संसद ने श्री रवि का यह प्रार्थना स्वीकार की और पार्लियामेंट नव निर्वाचित सदस्यों के यह बैठक कल नया संसद के सभी संसद सदस्यों ने शपथ ली, इस संसद में आधे से ज्यादा, नव निर्वाचित सदस्य 35 वर्ष तक की आयु के थे और सारे निर्दलीय जीत कर आए थे। शेष संसद सदस्य 35 से 60 वर्ष तक की आयु के थे, केवल एक मात्र सदस्य श्री नरोतम दास ही थे जो 65 वर्ष आयु और सात बार चुनाव जीर कर इस बार फिर सांसद थे। उन्हें कई सरकारों में मंत्री बनकर सफल कार्य करने का अच्छा अनुभव भी था। ये पार्लियामेंट सबसे ज्यादा युवाओ की संसद है और पार्टियों को त्याग पत्र देने के

कारण सारे 400 संसद सदस्य अब निर्दलीय थे। अपने आप में अपना निर्णय लेने को स्वतंत्र थे, यह उनके सभी के विभिन्न डालो की सदस्यता छोड़कर निर्दालिये बने थे, उनपर अब अपनी-2 पार्टिओं का कोई संविधानिक या क़ानूनी अधिकार नहीं था। सभी 400 सदस्यों राजनितिक बन्धनों से मुक्त थे 401वां सदस्य भी कुछ समय के बाद सर्वदलीय कहे या सर्वसमती से निर्विरोध चुनकर आये। कहने का तात्पर्य अबकी बार पार्लियामेंट में सारे के सारे चुनकर आए थे सदस्य निर्दलीय और नव नियुक्त थे। अभी तो वे साथ श्री रवि चीफ जस्टिस ऑफ नेशन का नेशन का प्रधानमंत्री निर्विरोध चुन के पक्षधर थे और उनसे आग्रह अनुरोध कर रहे थे। पहले कलेक्टिव और अब व्यक्तिगत रूप में आग्रह नहीं छोड़ना चाहते थे, अपने अनुरोध स्वयं मिल कर श्री रवि को PM चुनकर निर्विरोध बनाना चाहते थे।

श्री रवि से लगभग सभी 400 संसद सदस्यों ने अनुरोध किया। दूसरी ओर श्री रवि नम्रता के साथ MP को धन्यवाद के साथ यह इस PM पद की जिम्मेवारी लेने के लिए नहीं माने, वो सबसे अवश्य यह बार-2 कह रहे थे, अभी मेरा कार्यकाल में 250 कार्य दिवस है। मुझे बहुत कुछ करना है। न्याय मार्ग पर मुझे चलते हुए, बहुत से मैटर देखने हैं, पूरे करने हैं मुझे अपने कर्तव्य पूरा करना है जिसके लिए मेरी जरनी बाकी है कुछ और ऐसे कार्य हैं जिन्हें मुझे पूरे करने हैं और जिनके लिए मैं कटिबद्ध हूँ, समर्पित हूँ।

श्री रवि ने अपना चीफ जस्टिस ऑफ नेशन का पद नहीं छोड़ा और समन निवेदन के साथ देश के प्रधानमंत्री पद स्वीकार नहीं किया, अभी श्री रवि के कार्यकाल में 250 कार्य दिवस शेष थे, लगभग एक वर्ष। जनता भी श्री रवि की पक्षधर थी, चाहते थे श्री रवि ही प्रधानमंत्री बने, परन्तु जब वो नहीं स्वीकार किये तो जनता में वे महान और महान हो गये।

कहानी किसी की तो है

श्री रवि के फैसले की सब जगह भूरि भूरी प्रसंशा

संसद ने अपने नेता का चयन किया और तृक्ष
नेशनवंशी प्रधान मंत्री बने

श्री तृक्ष नेशनवंशी का संक्षिप्त जीवन परिचय

नयी सरकार - नेशनल सरकार नेशन की बन गयी

ये कहानी है चीफ जस्टिस ऑफ नेशन
श्री रवि की

जगनन्दन त्यागी

अध्याय - २३

संसद ने अपने नेता का चयन किया और तृक्ष नेशनवंशी प्रधान मंत्री बने, श्री तृक्ष नेशनवंशी का संक्षिप्त जीवन परिचय

न्याय जगत और सारे देश नेशन में श्री रवि के इस फैसले की प्रसंशा हो रही थी, होती रही।

अब पार्लियामेंट (संसद) ने अपना पी.एम. सर्वसम्मति से चुन लिया, जो 37 वर्षीय, उच्च स्तर शिक्षा प्राप्त श्री तक्ष नेसनवंशी थे। उन्होंने पी.एम. पद गोपनीयता की शपथ ली, उससे पहले ही उनका संक्षिप्त जीवन परिचय, प्रेस में मिडिया में जनता में देश में प्रचलित एवं प्रसारित हो रहा था।

श्री तृक्ष नेशनवंशी एक अनाथ थे जिनका प्रारंभिक जीवन एक ट्रस्ट के अनाथालय में बीता, वहीँ से संयोजक उन्हें तृक्ष नेशनवंशी नाम दिया, तृक्ष अन्य बच्चो से कुछ हटकर थे। उनके माँ पिता को कोई नहीं जानता, अनाथालय में आये, लाये, पाये गये तब वो सात आठ दिन के नवजात शिशु थे। पूरे अनाथालय में तृक्ष को सब नेशनवंशी कह कर बुलाते थे। बचपन अभावो में जरुर बीता

पर प्रारंभिक शिक्षा और फिर उच्च शिक्षा और फिर उच्च शिक्षा उनकी अच्छी रहीं। पढ़ने में कुशाग्र और उनका स्वस्थ भी अच्छा रहा, स्वस्थ तन स्वस्थ मन उनकी पढाई का सारा व्यय खर्च एक NGO ने उठाया। अपनी MBA की डिग्री प्राप्त करने के उपरांत तृक्ष ने अनाथालय से विदा ली और देश विदेश में घूम घूम कर विभिन्न क्षेत्रो में कार्य करके वे पारंगत हो गये।

श्री रवि के PM पद स्वीकार न करने और उनकी इस प्रार्थना कि प्रधानमंत्री, संसद सदस्यों में से हो, संसद सदस्यों से मिलकर श्री तृक्ष नेशनवंशी को अपना नेता चुन लिया और श्री तृक्ष नेशनवंशी नेशन के प्रधानमंत्री चुने गये। उन्होंने ने अपनी नयी कैबिनेट का भी फाइनल किया। विपक्ष तो था ही नहीं या विपक्ष पक्ष एक ही था ऐसे में नेता विपक्ष नहीं बनाया गया। श्री तृक्ष नेशनवंशी मंत्रिमंडल बन गया। श्री नरोत्तम दास को बिना विभाग का मंत्री बनाया गया, जिनका मुख्य कार्य था प्रधानमंत्री का सलाहकार मंत्री और अगर कुछ भी विपक्ष जैसे स्थिति आये उसका समाधान करने में प्रधानमंत्री की सहायता करे, सबसे सीनियर इस मंत्री को विशेषाधिकार भी दिये गये। संसद में पहले ही दीपक राज संसद सदस्य स्पीकर बना लिये गये थे। डिप्टी स्पीकर भी चुन लिए गये श्री रमाशंकर राज मूढ़ जी की इस संसद में दूसरी बार चुनकर आए थे, अबकी बार निर्दलीय नेशन देश की पार्लियामेंट नयी बन गई। सभी चुने सदस्य नये जोश पूरे होश में प्रधानमंत्री और कैबिनेट की विस्तार के बाद नेशन देश की अनेको विशेष लिए संसद भी और मंत्रिमंडल अस्तित्व में

आ गये। श्री तृक्ष नेशनवंशी की सरकार नेशन देश की एक संतुलित सरकार बन गयी, इस आशा के साथ की अब नेशन देश का शासन और विकास साथ-2 चलेंगे, देश की अच्छी तरक्की होगी, सरकार सब की सर्वसम्मति से बनी, सर्व विकास कर पायेगे, देश की जनता इस अजब गजब नेशन सरकार के ओर आशा की नजरो से देख रही थी। नयी सरकार ने नेशन देश का राज काज संभाल लिया।

इस प्रकार श्री रवि के प्रधान मंत्री अस्वीकार करने के बाद और उनका सम्मान रखते हुये संसद ने अगला प्रधानमंत्री नेशन देश का श्री तृक्ष नेशनवंशी को चुन लिया नेशन में इतिहास की पहली नेशनल सरकार नेशन देश की बन गयी।

कहानी किसी की तो है

श्री रवि चीफ जस्टिस ऑफ नेशन
के कानून न्याय संगित 3 फैसलों
से पुरानी सरकार चली गयी।

और

नयी सुन्दर नेशनल सरकार नेशन
की आ गयी
जिससे नेशन को अनेको
आशाए हुई

ये कहानी है चीफ जस्टिस ऑफ नेशन
श्री रवि की

जगनन्दन त्यागी

श्री रवि चीफ जस्टिस ऑफ नेशन के कानून न्याय संगित 3 फैसलों से पुरानी सरकार चली गयी

श्री रवि के न्याय संगत कानून और सच एवं ईमानदारी आधारित फैसलों का इस सरकार पर प्रभाव था। नव निर्मित सरकार के बनने का कारण भी श्री रवि के न्यायोचित सुप्रीम कोर्ट के फैसले ही थे। ऐसा नेशन देश के 100 साल के इतिहास में पहली बार हुआ था। अब जनता की भावनाए, आशाए इस सरकार से जुड़ी थी। इतना निष्पक्ष एवं शांतिपूर्ण चुनाव लोकसभा चुनाव, ज्यादातर संसद सदस्य निर्दलीय उच्च शिक्षा प्राप्त नव युवक की बहुतायत पूरी संसद का निर्विरोध फैसलों से अनेको विशेषताओ से भरी या संसद अपने आय में एक सुन्दर एवं सबकी सरकार बन गयी थी।

नेशन देश में नेशनल सरकार

निर्दलीय, सर्वदलीय सरकार

प्रधानमंत्री श्री तृक्ष नेशनवंशी

श्री रवि रहे, चीफ जस्टिस ऑफ नेशन

उन्हें कुछ और अधिक जो करना था

कहानी किसी की तो है

नेशन देश का
श्री रवि ने प्रधानमंत्री बनने का
प्रस्ताव स्वीकार नहीं किया
न्यायमूर्ति अब त्यागमूर्ति भी
हो गये

ये कहानी है चीफ जस्टिस ऑफ नेशन
श्री रवि की

जगनन्दन त्यागी

नेशन देश का श्री रवि ने प्रधानमंत्री बनने का प्रस्ताव स्वीकार नही किया न्यायमूर्ति अब त्यागमूर्ति भी हो गये

श्री रवि यह सब देख रहे थे सुन रहे थे, जान रहे थे परन्तु उनकी प्राथमिकतायें उनके सामने खड़ी थी। उनका मकसद उनका अभिप्राय उनका सपना था नेशन के न्याय प्रणाली का टोटल सरलीकरण, न झुकने, डरने, सहज और सरल न्याय प्रक्रिया झूठ से न प्रभावित होने वाला न्याय, तारीखों के जाल में न फसने वाला न्याय, हालाँकि इस उनके उद्देश्य उनके सपने में बहुत कुछ अच्छा घट चुका था। पूरे देश में पेंडिंग केस। मुक़दमे घट रहे थे। न्याय प्रक्रिया में अब स्पीड अप हो रहा था। न्याय भी सच्चाई एवं ईमानदारी से पहले के मुकाबले हो रहे थे। उनके पास 250 से कम कार्य दिवस थे उसमे उनको बहुत कुछ करना था, शुरुआत वो बहुत पहले कर चुके थे। तब से जब वो ADJ के पद पर ज्यूडीसरी में आए थे। उन्हें पहले ही दिन से सच्चाई और ईमानदारी के दुश्मनों से लोहा लेना पड़ रहा था, श्री रवि वृढ़ इच्छा शक्ति, कर्मठ, ईमानदार और सच्चाई के पुजारी थे। कठिनाई आनी थी आती रही, उन्हें सामना करना था, उन्होंने निर्भीकता से सामना किया उन्हें विरोधो को झेलना पड़ा, उन्होंने झेला पर

गलत के लिए झुके नहीं, गलत के सामने रुके नहीं। उन्हें याद आया उन्हें तो अपने परिवार के द्वारा भी सहयोग बहुत बाद में मिला।

श्री रवि ने अपना पुश्तैनी जायदाद जमीन सब कुछ ट्रस्ट में दे दिया था जो, उसके गांव और आस पास के एजुकेशन डेवलपमेंट में लगा था और उनके मित्र भगवान दास की देख रेख में बहुत अच्छा कार्य कर रहा, उसने कई स्कूल बनाये थे। श्री रवि कभी-2 देखने वहां जाते थे परन्तु हस्तक्षेप कमी नहीं किया। हाँ ट्रस्ट द्वारा किये गये, किये जा रहे प्रयासों की प्रशंसा करते थे।

श्री रवि को अपना बचपन याद आता था उनके गांव में एक प्राइमरी पाठशाला थी, पांचवी पास करके कैसे उन्हें माँ बाप से दूर शहर पढ़ने जाना पड़ा था और अपने मामाजी के यहाँ रह कर पढ़ाई करनी पड़ी थी। माँ बाप थे तो अनपढ़ परन्तु उन्होंने कितने प्रयास किये थे उनको LLB पास बनाने में। उसके माँ बाप ने अनेको कठिनाई सहते हुए उन्हें पढ़ाया था, वो तो एक मझले से जमींदार थे, अच्छी हैसियत थी, उनकी उसे हर तरह की अच्छी शिक्षा दिलायी और उन्हें एक जज बनने के सपने दिखाकर आगे बढ़ाया, उनकी कितनी दयनीय स्थिति रही होगी जिनके पास उनके जैसी हैसियत नहीं थी। वो अपने बच्चो को बामुश्किल पांचवी भी करा पाये और यही थी वे परिस्थिति जिनसे श्री रवि ने प्रभावित होकर अजरनी मैमोरियल ट्रस्ट बनाया, जिसके कारण आज उनके गांव और आस पास के इलाकों में एजुकेशन का विकास हुआ, गर्ल्स इंटर कॉलेज

भी था, अनेको दुसरे कॉलेज और इंस्टिट्यूट के साथ साथ मन में संतुष्ठी होती थी, उनका पैत्रिक गांव शिक्षा का हब बनता जा रहा था।

अब उनका वो छोटा सा गांव आज स्मार्ट विलेज बन चुका था, जिसमे इंजीनियरिंग कॉलेज, लॉ कॉलेज, आर्ट एंड साइंस कॉलेज, मेडिकल कॉलेज, हॉस्पिटल बन चुके थे। पूरे नेशन प्रदेश का यह गांव स्मार्ट विलेज एवं एजुकेशन हब बन गया था। श्री रवि जब कभी भी यहाँ आते थे। स्थिति उतीर्ण ही पाते थे। जब भी श्री रवि गांव आते थे, गांव के लोग श्री रवि का बहुत आदर सत्कार करते एवं उनके माता पिता का भी यश गान करते थे जिनके आदर्शो पर चलते हुये उनके पुत्र यानि श्री रवि ने ऐसा कर दिखाया था। श्री रवि बहुत प्रसन्नता का अनुभव करते थे, उनके निवास स्थान में अजीरज मेमोरिअल ट्रस्ट का आफिस था।

श्री रवि के न्याय पथ पर चलते चलते जनता देश की न्यायिक सेवा करते उनके उचित न्याय पूर्ण फैसलों के कारण जनता को बहुत पसंद पुरानी सरकार से उनके घोटाले से, उसकी अप्रिय जनता में, नीतियों से सरकार नहीं राजा है कि प्रवृत्तियों से ग्रस्त पॉलिसियों से जनता को छुटकारा मिला, मध्यवाधि चनावो में ध्वस्त हो गयी पुरानी सरकार और उसके सारे के सारे मंत्रियों का हार का मुँह देखना पड़ा था, नव निर्वाचित सरकार में नव युवक ईमानदार छवि वाले पढ़े लिखे संसद सदस्यों की भरमार थी, यह सब अपने आप में पूरे संसार में सबसे नव युवक सरकार बनी और जिसे नेशनल सरकार नेशन देश के रूप में जाना गया, माना

गया, इस नेशन देश की महायोगी सरकार बनने में श्री रवि चीफ जस्टिस ऑफ नेशन एवं सुप्रीम कोर्ट ऑफ नेशन का रोल बहुत उत्तम रहा, श्री रवि को ऐसा होने में और अपने लिये, स्वयं प्रधानमंत्री का पद न लेकर संसद सदस्यों में से ही कार्यकुशल नवयुवक प्रधानमंत्री चुनने की संसद सदस्यों से की गयी अपील पर गर्व महसूस हो रहा था। उन्होंने जब सब उन्हें प्रधानमंत्री का पद आफर किया था और उन्होंने श्री रवि ने पूरी संसद के सारे सदस्यों से हाथ जोड़कर मना किया था। उस समय उन्हें यही लगा था प्रधानमंत्री चुने हुए संसद सदस्यों द्वारा चुने हुए संसद में से ही प्रधानमंत्री होना चाहिए। उनकी ये अपील का सभी चुने हुए सर्व सम्मानित सदस्यों पर बड़ा असर पड़ा था और अंततः श्री तृक्ष नेशनवंशी को नेशन देश का प्रधानमंत्री चुना गया।

श्री रवि शान्त थे और अपनी उपलब्धियों एवं कार्यक्षेत्र में सच्चाई और ईमानदारी के साथ न्याय पथ पर चलते हुए निर्भीक आगे बढ़ रहे थे। उन्होंने अपनी सपनो की न्याय यात्रा में स्वयं को एक निर्भय, सच्चा और ईमानदार, न्याय प्रहरी, न्यायकर्ता के रूप में स्थापित पाया। किसी भी प्रकार का डर अवरोध, लालच दवाव विचलन उनको नहीं रोक पाया था। श्री रवि को अभी और अपने बचे हुए 250 कार्य दिवसों में अपने ध्येय को पाना था न्याय के क्षेत्र में उनके करने के लिए अभी बहुत कुछ बाकी था, अतः अन्य कारणों के साथ अपनी न्याय मार्ग की और बाधाओं को हटाना था, अतः अभी उन्होंने ये ही उपयुक्त समझा की प्रधानमंत्री पद अभी स्वीकार नहीं किया और आगे के क्या कुछ और करना है के आंकलन में व्यस्त हो गये श्री रवि।

ये कहानी किसी की तो है

आत्म निरिक्षण श्री रवि का
प्लानिंग आगे की, श्री रवि की

ये कहानी है चीफ जस्टिस ऑफ नेशन
श्री रवि की

जगनन्दन त्यागी

अध्याय - २६

आत्म निरिक्षण श्री रवि का प्लानिंग आगे की, श्री रवि की

अभी भी जिला न्यायालय में लोकल बाहुबलियों लोकल जन, राजनीतिज्ञ नेताओ का भय व्याप्त था। धन कुबेर पैसे के बल पर न्याय खरीद लेंगे जैसी बाते करते नहीं अघाते थे। अधिकतर जज अपने कार्य को सुचारू रूप से करने में सक्षम भी थे। डर भी नहीं रोक पाता था, प्रलोभन से भी बचते रहते हुए न्याय करने लगे थे सुचारू रूप से, फिर भी यह स्वयं में टोटल जस्टिस पूर्ण न्याय नहीं हो पा रहा था।

हरेक स्टेट का अपना अपना हाई कोर्ट है परन्तु वहां पर अभी पेंडिंग केस है कम हुए हैं अपितु बहुत कुछ करना है। श्री रवि जानते थे यह जो हुआ है हो रहा है, कर पाया है, काफी नहीं है। विभिन्न हाई कोर्ट में बहुत से निर्णय न्याय संगत नहीं होते थे नहीं हो पा रहे था, स्टेट के मंत्री, मुख्यमंत्री का अपरोक्ष दवाव ख़त्म नहीं हुआ है और वह के कुछ जस्टिस, न्याय संगत ही नहीं न्याय विमुख फैसले देते डरते नहीं और न्यायोचित फैसले नहीं हो पाते थे अभी भी कुछ ज्यादा नहीं हो पाया है। इस सिस्टम में कानूनी और संबैधानिक का पुर समावेश रखना होगा। कलोजियम में अधिकतर सही ही रिकमेनडेशन जाता रहा है परन्तु

उनमें गलत और अनुयुक्त भी स्थान पा जाते रहे है। जिन्हें न बनना चाहिए वो अक्सर पा गये है। अभी भी ज्यूडीसरी जिला स्तर से लेकर, सुप्रीम कोर्ट तक प्रत्येक ऐसे लोगो से अछूती नहीं है। इस दशा में आमूल बदलाव की कहीं न कहीं आवश्यकता है। यहाँ तब हुआ है अपने राजनितिक आकाओं, अपने स्वामी के लिए मुख्य न्यायाधीश नेशन रहे लोग भी बच नहीं पाए इस तरह के आपेक्षाओ से कुछ दिये गये न्यायिक फैसले उन लोगों ने दिये हैं जिनके कारण नेशन देश की जनता का विपक्ष का विश्वास सुप्रीम कोर्ट पर से भी विश्वास कम हुआ। उनके भरसक प्रयासों और देश की जुडीसियरी के सपोर्ट के कारण जनता का विश्वास अब कुछ बता है परन्तु यह पर्याप्त नहीं माना जा सकता, उन्हें अपने बचे 250 कार्य दिवसों में अधिक से अधिक करना है, ताकि कम से कम पेंडिंग रहे थे हो सके तो पेंडिंग केस ना ही रहे, हालाँकि यह सोचना भी अभी मुमकिन नहीं।

नेशन देश में अभी-2 विभिन्न अदालतों में ऐसा भी है की सालो गुजर गये, चार्जशीट नहीं लगी, कितनो को सालो से जमानत नहीं मिलती, कुछ प्रभावी जरुर जमानत पा जाते हैं। कितने ऐसे लोग है जिनको यह पता नहीं की सुनवाई कब होगी कौन करेगा, हाई कोर्ट से अपराधी नहीं डरते पर बांकी का क्या इस विषय में ध्यान देना होगा और कुछ करना होगा जिससे न्याय उन तक पहूँचे।

जब-2 जूडीसियरी न्याय में आगे बढ़ी है, सही और शीध्र फैसले लिए है, तब तब प्रशासनिक चुस्ती से अपराध घटे ही

नहीं अपितु लोगो ने चैन की साँस ली, केवल श्री रवि ये सब जानते थे जानते हैं, ऐसा नहीं था, अधिकतर तो अपना कार्य काल निकले अपने फायदे मीट करो और बेदाग निकाल ले चलो अप्रोच रखते थे न्यायलयो में न्याय भी होता है, जबकि न्यायालयों में न्याय ही होना चाहिये। श्री रवि हमेशा यही तो सोचते आए और अपना पूरा प्रयास करते आए है तभी तो आज नेशन की नयी सरकार आ पायी है मध्यवधि चुनाव पूर्ण रूपेण निष्पक्ष, जबकि हमेशा ऐसा चुनाव ही होना चाहिए। न मशीनों की शिकायत न मनुष्यों की शिकायत।

मशीन सही काम करती रही, मनुष्य अमनुष्य नहीं बने और रिजल्ट टोटल करेक्ट।

चुनाव आयोग, इन्वेस्टीगेशन आयोग, आमदनी कर डिपार्टमेंट और अनेको आयोग CPSU सेन्ट्रल पब्लिक सेक्टर कारपोरेशन, स्टेट, स्टेट कारपोरेशन, हर जगह कहाँ नहीं चाहिये यानि हर जगह सुधार जरुरी है जो है वह पर्याप्त नहीं। रूलिंग पार्टी का संबिधान के प्रति उदासिता के कारण भी अनेको अन्याय पूर्ण कार्य हो गये थे।

आज की नेशनल सरकार ऑफ नेशन देश जरुर अब कुछ बहुत करने की आशा दे रही है। यह कैसे करेगी देखने वाली बात होगी। हालाँकि श्री रवि को इस नेशनल गवर्नमेंट नेशन से काफी आशा थी। परन्तु वो यह भली भांति जानते थे यदि किसी भी देश में सरकार न्यायालो में न्यायाचित फैसलों में आड़े नहीं आती बल्कि स्वयं सच्ची और ईमानदारी की हिमायती रहे तो देश में अपराध भी कम होते हैं। अन्यथा नहीं तो न्याय जीतता है जो की सबका

न्याय प्रहरी बनता है। अरे यहाँ तो श्री रवि सब जानते हुये अपने कार्यकाल 250 कार्य दिवस में सभी न्यायालयों में, स्पेशल ड्राइव न्याय की, पेंडिंग केस ख़त्म करो, नये केसों का तुरंत निर्णय और अपने न्याय में इस बात की भी ध्यान रखे न्याय निर्णय हो भी और दिखायी भी दे। न्यायधीश अपने आपको इसके लिए ड्यूटी बाउंड मने और अपना कर्तव्य सच्चाई और ईमानदारी से निभाये।

हाई कोर्ट, सुप्रीम कोर्ट सब अपने-2 स्वर पर इस न्यायक्रांति समय में अपना 100% योगदान दे चीफ जस्टिस ऑफ नेशन यह सब तय करके अपने स्वयं के लिये फ़ास्ट की तरह कार्य प्लान करने में वयस्त हो गये, उन्हें अपने सपने को पूरा करना था, अपना लक्ष्य भेदना था और वे जानते थे वो ये जरुर कर पायेंगे जरुर करेंगे करना ही होगा उन्हें।

उनके सम्मुख ये सब था जो उन्हें करना था। उन्हें सुप्रीम कोर्ट के लगभग सभी जस्टिसो से पूर्ण रूपेण सहयोग की आशा भी थी।

उनके पास 250 कार्य दिवस उन्होंने ऐसे 250 तो केस लिए प्राथमिकता पर जिहे श्री रवि अपने कार्यकाल के अंतिम दिन तक पूरा करना चाहते थे, अब सुप्रीम कोर्ट ज्यादा नहीं लेकिन हजारो में थे। श्री रवि ने अपने कार्यकाल बचे कार्यकाल में अत्यंत गंभीर किस्म के 250 केस तो करने ही है।

सुप्रीम कोर्ट के कुल केस ऑन डेट में से अति गंभीर, गंभीर और कुछ गंभीर की तुलनात्मक लिस्ट बनवा ली थी,

इनके अलावा अब आने वाले केसेस में भी अतिशीघ्र वाले भी करने थे कराने थे। कुछ खास-2 केस में से प्राथमिकता की लिस्ट।

- इलेक्शन कमीशन सलेक्शन, 12 राज्यों में गवर्नर, स्पीकर की केंद्र सरकार की शासन पक्ष मिलकर, सरकार गिराना, दल बदल एवं पार्टियाँ तोड़ना

- सेबी पोलिसी घोटाला

- पास्को केस, राजनेताओ के

- नोन रेजिडेंट नेशन NRN की सम्पतियो

- समाज के विघटन से धार्मिकता के कारण स्थिति

- दो NAS नेशन एडमिनिस्ट्रेटिव सर्विसेस के उच्य अधिकारीयों के चीफ मिनिस्टर द्वारा हैरेसमेंट

- National Hishway Nation के घोटाले

- बाहुबलियों द्वारा जनता के शोषण सम्बंधित

- किसानो के आन्दोलन में पुलिस फायरिंग

- ईमानदार छवि के प्रशासनिक अधिकारीयों की पदोनात्ति न करने के सम्बंधित

- Anti Defection Law का मिस यूज

- मिस यूज ऑफ गवर्नर। लेफ्टिनेंट गवर्नर पदों का

- डिफेन्स परचेज घोटाला

- स्वास्थ घोटाला

- शिक्षा में नियुक्तियों ने अनियमितता
- तलाक की जटिलता के केस
- अकाउंट में मैनुप्लेसन। असली अकाउंट
- इलेक्शन में धांधली
- चुनाव विकास पत्र - राजनैतिक पार्टियों को
- धर्म में चंदा और दुरूपयोग
- लोकपाल का घोटाला
- स्टेट में पुलिस भर्ती घोटाला
- संबिधान का दुरूपयोग रोकना
- अनाप सनाप सरकारी कानूनों में बदलाव
- पास्ट के राजनेताओ की छवि घूमिल करना
- निजीकरण - तेल कम्पनी
- निजीकरण - एनर्जी कम्पनी
- स्टेट सरकारों की मान मानी सम्बंधित
- समाजिक फण्ड - दुरूपयोग
- मानहानि राजनेताओं के केस - उपयोग दुरूपयोग
- NPS, NAS कैडत रिलेटेड केस
- प्रिंट मिडिया से सम्बंधित
- सोसल मिडिया से सम्बंधित

- बैंक के इंटरनल फ्रौड

- बैंक लोन (बड़े लोन) डिफाल्टरी केस

- चुनाव में धांधली के आरोप। दुबारा गिनती

- बाबाओ का धर्म स्थल। मठ। मंदिरों। मस्जिद। चर्च आदि में

- एंटी डीफेशन लॉ की समीक्षा

- अध्यादेशो की सार्थकता और कारण

- नेशनल बीमा नेशन

- लाइफ सेविंग ड्रग। टीका। दवाई कोस्ट कन्ट्रोल

- भूमि अधिग्रहण में निवारण

- जिला स्तर के जजों के कार्यक्षेत्र

- एजुकेशन ट्रस्टों की कार्यविधि। सरकार का नियंत्रण

- पार्लियामेंट में स्पीकर, राज्य सभा में उपाध्यक्ष / मेंबर्स आचार सहितो

- पुरानी सरकार के समय के अनेको स्टेट और केंद्र शासित प्रदेशों के कार्य की समीक्षा सम्बंधित

- खेल प्राधिकरण सम्बंधित

- नगर निगमों, डेवलपमेंट ऑथोरिटीयो के कार्य प्रणाली में सुधार

- एयर लाइन में निजीकरण के खिलाफ

- रेलवे में निजीकरण

- बैच में जस्टिस नहीं अगर केस उससे ऊपर पहुंचे

- सरकारी अधिकारीयों को एक्सटेंशन इन सर्विस

- रिटायर्ड अधिकारीयों को पुनः एम्प्लॉयमेंट से सम्बंधित

- आदि आदि

250 केस 250 दिन, एक चीफ जस्टिस ऑफ नेशन और अनेको हजारो पेंडिंग केस। ध्येय लक्ष्य लिये हुये।

श्री रवि को जाने से पहले अगला चीफ जस्टिस ऑफ नेशन का रिकमेंडेशान भी देना है। इस कार्यकाल श्री रवि के बचे कार्यकाल में कोलोजियम रिकमेंडेशन भी देनी होगी।

अच्छी बात श्री रवि के लिये - उसे सुप्रीम कोर्ट के सारे के सारे 32 जस्टिस का सहयोग मिल रहा है।

श्री रवि का अंतर्मन कह रहा है उसे नेशन देश का चीफ जस्टिस रहते, अनेकों ऐसे फैसले करने है जिससे देश का वर्तमान भी और भविष्य भी प्रभावित होगा।

हाँ अवश्य कर पायेंगे

चीफ जस्टिस ऑफ नेशन श्री रवि

कहानी किसी की तो है

श्री रवि चीफ जस्टिस ऑफ नेशन
पद पर एक्सटेंशन नहीं ली
श्री रवि - समय पर रिटायरमेंट लिया
श्री रवि ने उत्तराधिकारी का नाम सुझाया
अब - नमन कुमार मेहन्दी रत्ता
बने चीफ जस्टिस ऑफ नेशन

ये कहानी है चीफ जस्टिस ऑफ नेशन
श्री रवि की

जगनन्दन त्यागी

अध्याय - २७

श्री रवि चीफ जस्टिस ऑफ नेशन पद पर एक्सटेंशन नहीं ली

श्री रवि का न्याय मार्ग पर चलते हुये उनका न्याय की मंजिल अब अंतिम पड़ाव की ओर बढ़ रही थी। एडिशनल डिस्ट्रिक्ट जज से अपने फैसलों के लिए जाने वाले, श्री रवि नेशन देश के चीफ जस्टिस ऑफ नेशन बन चुके थे। न्याय के क्षेत्र उनके कार्यालय का आमूल परिवर्तन दिख रहा था, राष्ट्र में महसूस किया किया जा रहा था और अब उनकी मंजिल बस पहुंचने ही वाली थी उनके न्याय के मार्ग के अंतिम पड़ाव थे। उन्होंने आत्मनिरीक्षण किया और अपने अंत के बचे कार्य दिवस के लिये, जनरल तो रहेगा ही विशेष न्याय ड्राइव का ब्लू प्रिंट बना लिया था। उनका उत्तराधिकारी भी तैयार हो रहा था। कोलोजियम को अपने कार्य के अंतिम वर्ष की रेकोमेंडेशन और अपने उत्तराधिकारी का नाम उनको सरकार की बताना था। यह सब तो होने ही था उससे पहले श्री रवि ने अपने सभी सुप्रीम कोर्ट के जस्टिस से विशेष बैठक की और उन्हें न्याय किया को विशेष गति देने में सहयोग के लिए विशेष प्रार्थना की। इसका असर ये रहा सभी एक साथ श्री रवि को अपना बेस्ट दी, बेस्ट सपोर्ट के लिए प्रस्तुत हुये।

श्री रवि इस बात से बहुत ही प्रसन्न थे की उसके अधीनस्थ तमाम जस्टिस उनसे व्यक्तिगत रूप से भी और सामूहिक रूप से भी उन्हें आश्वस्त किया। अब श्री रवि की स्पेशल न्याय ड्राइव शुरू हुई, और पेंडिंग केसेस पर पूरी ध्यान केन्द्रित होने लगा। प्राथमिकता में आये सभी केस, विभिन्न बेंचो में सुने जाने लगे और निर्णयों की ओर तेजी से जाने लगे।

इस बीच सुप्रीम कोर्ट के पांच सीनियर जस्टिसो ने जिनमे श्री रवि चीफ जस्टिस ऑफ नेशन भी थे ने एक प्रेस मीटिंग, कांफ्रेंस की थी प्रेस के साथ उस तरह की कांफ्रेंस नहीं थी जैसी एक बार पहले हुयी जिसमे जजों ने अपने अपने रिजर्मेंट पर बात की थी। इस बात ये एक विशेष परपज कांफ्रेंस रही जिसमे उन्होंने, समस्त सुप्रीम कोर्ट की ओर जनता और सरकार को यह भरोसा दिया था, न्याय सबके लिए है, न्याय होगा और फ़ास्ट होगा, जस्टिस डिलेड जस्टिस डिनाइड नहीं होगा, अब जस्टिस डिलेड नहीं फ़ास्ट करने के सारे प्रयास करेंगे यह जनता और सरकार को विश्वास दिलाने की दिशा में उनका विशेष अभियान था।

बहुत से केस में फैसले होने फ़ास्ट भी हुये, न्याय संगत हुये, लगे भी न्याय संगत, जनता आश्चर्यचकित के साथ, सुप्रीम कोर्ट पर ज्यादा भरोसा करने लगी। हर प्रदेश का अपना अपना हाई कोर्ट था वहाँ भी न्याय की बहार आने लगी, जनता बहुत आशन्वित हो गयी। अब हुआ ये इन जटिल पेंडिंग केसों के फैसलों का असर यह देखने को मिलने लगा, कुछ ऐसे ही केस भी होने लगे। कुछ जिनमे

सरकार प्रतिवादित थी, उन्हें वापस लिया जाने लगा। देखते ही देखते वो होने लगा जिसकी जनता को इसकी जल्दी उम्मीद नहीं था।

भ्रष्टाचारी, घोटालेबाजो, अत्याचारियों आदि को सजा मिलने लगी, बैनिफिट डिले समाप्त होने लगा, अपराधियों में कानून का न्याय का भय महसूस होने लगा।

सुधरती न्याय अपना असर दिखाने लगे, सरकारी कार्या में घोटाले बाजे को सजा मिलने लगी, झूठे मुक़दमे वापस लिए जाने लगे। न्याय पर खर्च कन्ट्रोल होने लगे, कम होने लगे। कुछ स्टेट की सरकारे रिस्तेंड हो गयी, कहीं स्टेट में मध्यवतीय चुनाव की घोषनाये हुयी। चुनाव आयोग में बदलाव होने लगे। एंटी डिफेकशन में एक्शन होने लगी और तो ओर दल बदल करने वालो पर अंकुश लगने के लिए उनके अगला चुनाव या पुनः चुनाव लड़ने पर रोक लगी जाने लगी, पार्टी तोड़ने वाले धन का दुरूपयोग रोकने के उपाय होने लगे। अब न्याय ने अन्याय को भगाना शुरू कर दिया, अदालतों में केस आने भी कुछ सीमा तक कम होने लगे। ऐसी क्रांति आयी की नेशन देश में चहु ओर न्याय ही न्याय और अन्याय भागने लगा या कहो छुपने लगा।

250 ही नहीं हजारो केस सोल्व हो गये, ऐसे केसों की पुनरंती कम हो गयी। समय आने पर श्री रवि ने हाई कोर्ट के चीफ जस्टिस और सुप्रीम कोर्ट के जस्टिसों की कोलोजियम की रिकमेंडेशन भेजी गयी और बिना किसी देरी या Holding के हाई कोर्ट और सुप्रीम कोर्ट के जस्टिस के प्रमोशन और पोस्टिंग हो गयी। सरकारी अडंगा नहीं लगा।

अब धीरे धीरे श्री रवि चीफ जस्टिस ऑफ नेशन के रिटायरमेंट का समय पास आता जा रहा था और सरकार में उनके कार्य को देखते हुए, उनकी एक्सटेंशन की बाते होने लगी, श्री रवि ने इस के लिए मना कर दिया और उन्हें समय पर रिटायरमेंट दिया जाये, यह रिक्वेस्ट की साथ ही अपने उत्तराधिकारी श्री नमन कुमार मेहंदीरत्ता को चीफ जस्टिस ऑफ नेशन बन गये, कार्य भाल संभाल लिया, चार्ज हैण्ड ओवर।

जाते जाते श्री रवि चीफ जस्टिस ऑफ नेशन जाने वाले और श्री नमन कुमार मेहंदीरत्ता चीफ जस्टिस ऑफ नेशन की बाते हुये कुछ ऐसे।

श्री रवि - नमन कुमार जी आप इसके लिए सुयोग्य हैं। आशा करता हूँ आप इस न्याय यात्रा को आगे बढ़ायेंगे

नमन कुमार - यह मेरा सौभाग्य है, मेरा भी निश्चय है

श्री रवि - जैसा सहयोग आप सबो ने दिया है आपको भी वैसा ही मिलेगा

नमन कुमार - मैं आशा करता हूँ

श्री रवि - हमें न्याय के रास्ते में चलने से डरना नहीं चाहिये

नमन कुमार - मैं आपसे सहमत हूँ, डरना क्यों, डर कर न्याय नहीं होता

श्री रवि - हमें लालच, भ्रष्टाचार से दूर रहना जरुरी है

नमन कुमार - तभी अच्छा और सच्चा न्याय किया जा सकता है

श्री रवि - अभी पूरे नेशन देश में राजनैतिक माहौल भी काफी अच्छा हो गया है। हम तो राजनैतिक विचारधारा से परे होते हैं

नमन कुमार - जी सर

श्री रवि - मैं आपको अच्छे भविष्य की कामना करता हूँ

नमन कुमार - मैं आभारी हूँ, धन्यवाद्

श्री रवि - ये आपका हक है

नमन कुमार - धन्यवाद

अगले दिन श्री रवि बिरला मंदिर गये, अपनी पत्नी के साथ, भगवान का शुक्रिया किया और लौटकर घर आ गये।

उन्हें एक फोन आया और उन्हें श्री तृक्षनेशनवंशी प्राइम मिनिस्टर नेशन का स्वर सुनाई दिया। औपचारिक नमस्ते आदान प्रदान। प्रधानमंत्री ने उन्हें अपने प्रधानमंत्री आवास पर स्वयं चाय के लिए बुलाया, अगले दिन, श्री रवि के चीफ जस्टिस ऑफ नेशन के पद से रिटायर होने के दुसरे दिन ही।

निर्धारित समय पर श्री रवि प्रधानमंत्री आवास पहुँच गये, श्री तृक्ष नेशनवंशी ने स्वयं आगे बढ़कर उनका अभिनन्दन किया प्रधानमंत्री निवास पर श्री नरोत्तम दास बिना विभाग के मंत्री भी उपस्थित थे उन्होंने भी श्री रवि को अभिनन्दन किया। तीनो चाय पर चर्चा के लिये आना माना जा सकता है अपितु यह एक प्राइवेट टी पर मुलाकात थी। प्रधानमंत्री नेशनल सरकार नेशन उनके बिना विभाग के मंत्री श्री नरोत्तम दास और अभी-2 रिटायर चीफ जस्टिस ऑफ नेशन श्री रवि की।

कहानी किसी की तो है

नहीं स्वीकार किया
राष्ट्रपति ऑफ नेशन का पद

ये कहानी है चीफ जस्टिस ऑफ नेशन
श्री रवि की

जगनन्दन त्यागी

अध्याय - २८

नहीं स्वीकार किया राष्ट्रपति ऑफ नेशन का पद

नेशनल सरकार तो निर्दलीय या यो कहें सर्वदलीय सरकार थी, निवर्तमान सरकार की रूलिंग पार्टी जो उस समय तक बहुमत में थी जब तक उसके 55 सांसद सुप्रीम कोर्ट से अयोग्य घोषित नहीं हुये थे। 55 सांसद अयोग्य और उनकी सरकार को अल्पमत के कारण जाना पड़ा था।

दूसरी ओर 12 स्टेट्स (प्रदेशों) की सरकारे भी सुप्रीम कोर्ट के फैसलों के बाद स्थिति बदल गयी थी। अब नेशन राष्ट्र के राष्ट्रपति, अशोक सूर्यवंशी पहले की रूलिंग पार्टी के सपोर्ट से बने थे। अब स्थिति बहुत बदल गई थी। अतः उन्हें दूसरी टर्म में राष्ट्रपति का चुनाव जीतना, असंभव हो गया था। फिर भी पहले वाली रुलिंग पार्टी राष्ट्रपति का चुनाव लड़ने की प्लानिंग जरुर कर रही थी वे नये राष्ट्रपति पद के किसी उम्मीदवार को अंतर निर्विरोध चुनने देना नहीं चाहती।

कल प्रधानमंत्री तृक्ष नेशनवंशी और बिना विभाग के मंत्री श्री नरोत्तम दास, की अभी-2 के रिटायर्ड चीफ जस्टिस ऑफ नेशन के साथ प्रधानमंत्री निवास पर चाय पर मुलाकात की मिडिया को भनक लगी तो अनुमानों का दौर शुरू होना बड़ी बात नहीं। सब जानते थे श्री रवि ने

नेशन का प्रधानमंत्री पद स्वीकार नहीं किया था, जबकि पूर्ण संसद ने उनसे आग्रह/अनुरोध किया था, और ये भी कहा था, अभी उन्हें अपने कर्तव्य पथ। न्याय पथ पर चलते चलते अपने शेस कार्य दिवसों में अपने लक्ष्य को पाना है कुछ बचे हुये कार्य पूर्ण करना है।

मिडिया में कयास लगने शुरू हो गये, अब वो श्री रवि चीफ जस्टिस ऑफ नेशन से रिटायर्ड हो चुके हैं। नेशन सरकार का उन्हें सर्विस में एक्सटेंशन प्रस्ताव भी स्वीकार नहीं किया था। हो सकता है नेशन की नेशनल सरकार फिर से एक बार इस बार नेशन देश के राष्ट्रपति के रूप में देखना चाहे, उन्हें, उनका मन टटोलने की कोशिश में ये तोनो, प्रधानमंत्री श्री तृक्ष नेशनवंशी, बिना विभाग के मंत्री एवं सबसे सीनियर सांसद और अभी-2 के रिटायर्ड चीफ जस्टिस ऑफ नेशन श्री रवि इसी संभावना के चलते मिले हो। पर ऐसा कम से कम इस चाय पर मीटिंग में कुछ हुआ नहीं था। पर मिडिया, टीवी मिडिया, सोशल मीडिया में श्री रवि की होने वाली राष्ट्रपति के रूप में कयास लगाते देर नहीं लगी।

ये बात भी उतनी ही सच थी, जितने कयास जनता और अधिकतर राज्य सभा सांसद, स्टेट सरकारों के विधान सभा सदस्य भी और यहाँ तक की नेशनल सरकार के सारे सांसद श्री रवि थे सबसे अच्छा, एक सच्चा और अच्छा राष्ट्रपति देख रहे थे। जब मिडिया के कयास, खबरे बनने लगी तो जनता में एक खुशनुमा अभिव्यक्ति दिखने लगी।

चारो ओर चर्चाओं का बाजार गर्म हो गया।

दो दिन बाद श्री रवि को स्पेशल इनवाईटी विशेष अतिथि के रूप में नेशनल सरकार। सांसद सारे सांसदों को प्राइम मिनिस्टर प्रधानमंत्री की ओर से लंच पर बुलाया गया, इस सांसदों को दी गयी लंच में श्री रवि रिटायर्ड चीफ जस्टिस ऑफ नेशन और अभी अभी बने चीफ जस्टिस ऑफ नेशन श्री नमन कुमार मेहंदीरत्ता जी को विशेष अतिथि के रूप में बुलाया गया।

दोनों विशेष अतिथि इस लंच पार्टी में पहुंचे। लंच से पहले मीटिंग हुयी जिसमे सबसे सीनियर सांसद और मंत्री बिना विभाग के श्री नरोत्तम दास ने सबका स्वागत किया, प्रधानमंत्री श्री तृक्ष नेशनवंशी ने भी अभिवादन किया, सभी लोग अपनी अपनी सीटों पर बैठ गए, श्री रवि Ex CJN, श्री नमन कुमार, CJN के लिये भी विशेष सीटें लगी थी। यह मीटिंग और सांसदों को लंच प्रधानमंत्री श्री तृक्ष नेशनवंशी की ओर से आर्ट गैलरी प्रिमिसेस में पूरी सुरक्षा के साथ आयोजित किया गया।

आज नेशन की नेशनल सरकार के पूरे 400 सांसद उपस्थित थे। सब यही सोच रहे थे आज कुछ विशेष होने वाला है। कुछ जल्दी, के कयास लगाने वाले सांसद यह भी सोच रहे थे कही आज राष्ट्रपति के उम्मीदवार का चयन तो नहीं हो रहा है। यह मीटिंग बैठक बहुत विशेष है ऐसा अनुमान वो हर कोई लगा रहा था और हुआ भी यही। मीटिंग के सन्दर्भ में स्वागत सम्मान, अभिवादन के पश्चात सब सांसद सारे मिनिस्टर्स और श्री रवि एवं नमन कुमार शान्त, एकाग्र मन से विषय विशेष की इंतजार करते

दिखे। अब प्रधानमंत्री श्री तृक्ष नेशनवंशी खड़े हुये और सबको संबोधित करते हुये बोले।

मैं यहाँ पर उपस्थित प्रत्येक मान्यवर से यह प्रार्थना करता हूँ जो प्रस्ताव मैं लाने जा रहा हूँ उस पर पूर्ण ध्यान देकर अपना मत बताये और हमारे प्रस्ताव को स्वीकार करें।

प्रधानमंत्री ने बड़े उत्साह से एक लाइन का प्रस्ताव दिया, "हम श्री रवि (Ex CJN) को अपने राष्ट्र नेशन का अगला राष्ट्रपति देखना चाहते हैं।" श्री नरोत्तम दास एवं सभी कैबिनेट, स्टेट मिनी स्टेट ने अनुमोदन किया और फिर नेशन की सांसद के सभी सांसदों ने व्यक्तिगत रूप से प्रधानमंत्री के प्रस्ताव का अनुमोदन किया। प्रधानमंत्री सुन रहे थे, देख रहे थे, मुस्कुरा रहे थे और प्रसन्न भी दिख रहे थे। सांसदों में बढ चढकर प्रस्ताव की स्वीकार्यता दिखा रहे थे। हाँ दोनों श्री रवि, एक्स सी.जे.एन. और श्री नमन कुमार, सी.जे.एन. शान्त थे और विस्मय से प्रधानमंत्री के प्रस्ताव और उनका स्वीकार करने की क्रिया में एक जुटता दिखा रहे थे।

अंत में सबकी सहमती से प्रस्ताव तो अति उत्तम हो गया, सारे के सारे नेशन संसद के सांसद अपनी हर्षित स्वीकृति प्रधानमंत्री के प्रस्ताव की दे चुके तो, प्रधानमंत्री ने अपने दोनों विशेष अतिथि श्री रवि और श्री नमन कुमार की ओर देखा और उनकी प्रतिक्रिया जाननी चाही। श्री नमन कुमार वर्तमान चीफ जस्टिस ऑफ नेशन ने खड़े होकर पहले तो प्रधानमंत्री और सारे सांसदों, श्री रवि का अभिवादन किया और बोले मैं नेशन देश के प्रधानमंत्री के प्रस्ताव और सारे सांसदों को उसे स्वीकार करने पर, तहे दिल से कहता हूँ प्रधानमंत्री का यह प्रस्ताव उनका महानता

प्रस्ताव है और मैं मन से चाहता हूँ की श्री रवि इसे स्वीकार और उनके नेशन के राष्ट्रपति बनने की प्रक्रिया में योगदान दे। श्री रवि ने सबको नमस्कार किया और कहा आप सबो के दिखाये गये प्यार और सम्मान के लिये मैं आभार व्यक्त करता हूँ, मेरे लिये आपके उद्गारो का मैं दिल से गहराई से मानता हूँ। आप लोग मुझे राष्ट्रपति बनाना चाहते हैं, जबकि मैं अपने बचे हुये जीवन में, देश की जनता समाज में उन लोगों की सेवा करना चाहता हूँ। उन लोगो के बीच जाना चाहूँगा, जिनके पास कुछ भी नहीं है या जिनका जीवन अभावो से बेसहारा है। जिनकी आवश्यकता है, शिक्षा की, स्वास्थ सेवाओ की, न्याय मिलने की आशा की, जिनके पास कुछ भी नहीं है उनके लिये कुछ करना चाहता हूँ, मैं राष्ट्रपति नहीं बनना चाहता, मैं तनमन से उनकी सेवा करना चाहता हूँ, आशा है आप मेरी मन स्थिति समझेंगे और राष्ट्रपति बनाने के बजाय वो एक आम आदमी का सहायक बनने की अनुमति देंगे।

सभी अवाक, थोड़े देर की शांति और फिर सारा हाल तालियों से गूंज उठा सभी आदर सम्मान से श्री रवि को देख रहे थे, अब श्री रवि आम आदमी सहायक बन पूरे नेशन के हर समाज की सेवा करेंगे

और

उन्हें हम, हमारी पीढ़िया हीरो के रूप में

गुणगान करेंगे

श्री रवि को

सैल्यूट